Passe-temps
pour les âmes ignobles

Du même auteur
dans la même collection

Février (n° 315)
Comme des hommes (n° 366)

Louis Sanders

Passe-temps pour les âmes ignobles

Collection dirigée par
François Guérif

Rivages/noir

106, bd Saint-Germain – 75006 Paris

ISBN : 2-7436-1015-8
ISSN : 0764-7786

À François.

It is my opinion that your detective stories are the normal recreation of snobbish, outdated, life-hating, ignoble minds.

Anthony Shaffer, *Sleuth*.

Je suis de l'avis que vos histoires policières sont le passe-temps habituel d'âmes snobs, démodées, morbides et ignobles.

PREMIÈRE PARTIE

1

Assis dans son fauteuil en cuir, un verre à la main, il regardait d'un œil morne les flammes dans la cheminée. Sur les trois bûches qui se consumaient était posé un livre et le feu, en léchant les pages, redoublait d'ardeur. Il leva son verre jusqu'à ses lèvres, d'un geste machinal, et avala une gorgée de whisky, en prêtant à peine attention aux goûts et aux sensations qui se succédaient sur son palais. Au fond de la cheminée, fixée au mur par des crochets, la plaque de fonte renvoyait un éclat terne et, dans l'ombre, on avait l'impression que l'Archange Gabriel, cuirassé, en relief, qui en formait le motif, s'agitait en brandissant son épée et un crucifix pour frapper tout ce qui lui déplaît. Il se dressait au sommet d'une petite colline de cendres grises que les braises illuminaient çà et là de l'intérieur. Il songea pour la première fois que cette image lui était désagréable, qu'elle n'était pas de son monde, finalement, or il l'avait pourtant contemplée tous les soirs pendant des années en s'imaginant qu'il vivait des moments confortables. Face à cet objet qui semblait lui rappeler sans cesse que tout se paie et rien ne s'oublie.

« C'est fou le temps que peut mettre un livre à brûler », songea-t-il. Et puis, tant mieux. Certaines de ces pages en train de noircir lui revenaient en tête et lui inspiraient une grimace à la fois de dégoût et de honte. Les passages qui le concernaient directement. Ces rappels incessants, et d'ailleurs plutôt drôles, vus de l'extérieur, sur ses origines sociales, malgré les efforts que ses parents et lui-même avaient fournis pendant des décennies pour tout effacer. Il était allé à Eton, à Cambridge, y avait acquis l'accent qu'il lui fallait pour se créer une nouvelle identité et là, en deux cents pages environ, il se voyait renvoyé dans l'univers des petits boutiquiers de Leeds qui l'avait vu naître une soixantaine d'années auparavant. Peut-être même un peu plus.

Les couvertures se recroquevillaient sur les bûches comme si le papier avait la capacité de souffrir tandis que les flammes diminuaient en venant à bout du combustible.

Il entendit un grincement au-dessus de sa tête. Sa femme, dans la chambre à coucher, qui devait se retourner dans son sommeil. Il n'éprouva pas le besoin de regarder sa montre, il savait qu'on était au milieu de la nuit. Mais il prit une autre gorgée. En levant les yeux au-dessus de la cheminée, il vit, dominant ses bibelots prétentieux, son propre portrait. C'était vrai que le tableau était hideux, que tout cela était ridicule. Il y avait aussi ces remarques cruelles sur son physique, mais ça c'était moins grave, il se savait laid et n'en souffrait que très rarement, il avait passé l'âge. Puis ces extraits plus cruels encore sur la maladie de sa femme, décrite comme une hypocondriaque geignarde. Ce qu'il avait du reste un peu soupçonné lui-même à l'occasion. Un nouveau grincement. Elle avait le sommeil agité. Peut-être était-elle en train de rêver. Il se crispa, craignant qu'elle ne se réveille et l'appelle pour lui demander de monter un verre d'eau dans la chambre, ou un livre pour soigner son insomnie, ou je ne sais quoi encore. Il hésita à remplir son verre une troisième fois puis céda à la tentation en faisant le moins de bruit possible. Il ne fallait pas que le goulot de la bouteille vienne heurter ce gros verre en cristal taillé. L'auteur de ce torchon avait dû venir chez lui, puisque ses verres étaient décrits dans tout ce qu'ils avaient de pompeux. Il ne comptait plus le nombre de personnes qui avaient franchi le seuil de sa maison au cours des mois et des années passés. C'était avant la maladie de Marie, qui les avait tous plus ou moins éloignés, ces Anglais qui vivaient là dans un exil douillet, comme lui. Il leur avait exhibé avec une suffisance absurde toutes ses richesses et ses objets de luxe, toujours chers, souvent inélégants, il s'en rendait compte maintenant, et se reprochait de n'avoir pas saisi plus tôt une telle évidence.

Ce fut seulement quand il se leva avec difficulté pour regagner sa chambre qu'il comprit qu'il avait trop bu. Il soufflait. On disait parfois que le whisky était bon pour le cœur, mais il n'osait pas en parler à son médecin de peur qu'il se moque de lui. Il se dirigea lentement vers l'escalier de bois aux larges marches, puis s'appuya à la rampe pour monter jusqu'à sa chambre. Derrière la deuxième porte du couloir, sa femme dormait. Il n'avait même pas besoin d'entrouvrir le battant, il connaissait déjà trop bien l'odeur de vieil oreiller, de vieille sueur féminine, de draps froissés qui le prendrait au visage s'il se risquait à jeter un coup d'œil pour s'assurer qu'elle allait bien. Que dirait-on dans la famille de cette femme quand on lirait le livre qui avait fini de brûler en bas ? Chez ces grands bourgeois anglophobes, germanophiles et déplaisants qui auraient préféré être des petits aristocrates et qui, malgré sa fortune, maintenant envolée mais encore consistante à l'époque, avaient vu le mariage d'un mauvais œil et le lui avaient fait sentir depuis le jour où il les avait rencontrés pour la première fois dans leur grande maison de Dordogne qui n'était pas un château, ni un manoir, ni une demeure, mais une « maison bourgeoise » justement, comme on disait chez les agents immobiliers.

Ça se passait toujours à table, on lui parlait de Dunkerque par exemple. Ou du bombardement de Caen, quand on évoquait la guerre. Juste une ou deux phrases en passant. Le reste du temps, on évitait ces sujets-là. Et Carter avait cru comprendre qu'en 1944 quelque chose de très déplaisant était arrivé à l'oncle André, à cause des « communistes », comme on disait. C'était tout un pan de la vie française dont il ne soupçonnait même pas l'existence que Richard Carter avait découvert. Et son beau-frère, le curé, avait refusé de dire une messe quand il avait épousé Marie, en lui expliquant que pour un protestant, évidemment…

Dans ces pages qui avaient retenu son attention pour la majeure partie de la soirée, il avait eu la maigre consolation d'identifier deux personnages qu'il connaissait, l'un plutôt bien et l'autre de très loin. Eux aussi avaient eu des secrets qui désormais n'en étaient plus.

Mais le pire de tout, l'inimaginable, c'était la suggestion, entre les lignes, de sa culpabilité dans ce crime. Ce vieux crime qu'il avait commis, il y avait maintenant plus de vingt ans.

Même seul dans le silence de la campagne, au milieu des bois et des prés, dans cette odeur de terre fraîche et humide, McGuire gardait le sentiment que tout n'était pas absolument parfait. Il aurait pourtant eu du mal à décrire ce qui lui manquait. Parfois, un détail lui en donnait l'intuition. Quand il traversait le paysage à cheval, il se disait de temps en temps qu'il aurait aimé voir une haie, comme dans le Yorkshire, comme quand il chassait et qu'il fallait sauter l'obstacle pour continuer à suivre la meute. C'était idiot, sans doute, et il n'aurait osé en parler à personne. Mais par ailleurs, il sentait que cette explication ne suffirait pas totalement. S'il accumulait quelques autres regrets, la fumée dans un pub de campagne à sept heures du soir, la tour carrée d'une église, le bruit d'un journal qui se froisse le dimanche matin, le résultat de l'addition était peut-être l'Angleterre tout entière. Mais une Angleterre d'une période révolue et qu'il avait essayé, plutôt maladroitement, de recréer ici, en Dordogne.

Il s'était arrêté sur une crête et était tenté de mettre pied à terre, le temps de rêver à ce que la vie aurait dû être. Plus d'argent bien sûr. Pour ne pas se réveiller anxieux au milieu de la nuit. Plus de confort ici, surtout l'hiver. Il n'aurait jamais cru qu'il puisse faire aussi froid en France. Il observa la ferme d'un voisin français au loin, les bâtiments agricoles entourés d'un désordre trompeur. Il avait l'impression d'épier depuis une autre rive un monde parfaitement organisé. Des familles qui savaient parfaitement ce qu'elles faisaient et qui depuis toujours n'avaient jamais rien fait d'autre. Il était sûr qu'aucune inquiétude ne venait perturber le quotidien rentable et efficace de ces gens-là.

Un bruit de moteur parvenant de la route l'interrompit dans sa rêverie et il décida de traverser le pré au trot pour s'en éloigner le plus vite possible. La matinée tirait à sa fin, mais on aurait pu se croire en fin d'après-midi et, curieusement, ce jour-là, la grisaille ne faisait pas partie du tableau anglais qui le rendait vaguement mélancolique. Il ralentit le pas quand il arriva dans le sous-bois et, à l'impact des gouttes sur les feuilles mortes, il s'aperçut qu'il se mettait à pleuvoir. Puis, sans pouvoir s'en empêcher, il se remit à penser à ce qu'il avait fait et qu'il n'aurait jamais dû faire.

« Hitler ! Goebbels ! »

Lord Bollington appelait ses chiens. Il entendit vaguement un aboiement dans le lointain. Ça ne pouvait pas être Hitler, ni Goebbels. Il remonta l'allée bordée de tilleuls dénudés en cette saison qui menait à la porte principale du manoir. Il se tordit les chevilles sur le gravier un peu trop gros qu'il avait commandé pour recouvrir le chemin de terre et leva la tête vers le gris du ciel. Il ressentit immédiatement un terrible mal de crâne et dut revoir la théorie selon laquelle le pur malt ne donne jamais la gueule de bois. Il aperçut un peu plus loin sa Land Rover écrasée contre le tronc du troisième tilleul de l'allée, et les événements de la veille au soir lui revinrent peu à peu à l'esprit. Le pare-brise était cassé, de gros trous noirs ornaient maintenant la carrosserie, là où les balles avaient atteint le véhicule. Le fusil était couché dans l'herbe à quelques mètres de là. Une arme spécialement conçue pour la chasse à l'éléphant et que lord Bollington emportait partout avec lui, même si les occasions de tuer un éléphant en Dordogne étaient rares. Il se revit rentrant dans l'arbre, au volant de sa voiture, dans une obscurité complète. Puis la rage absurde qu'il avait ressentie. Il ne se rappelait plus si le pare-brise avait volé en éclats quand il avait heurté l'arbre ou après. Il était descendu de la voiture sans se faire mal, ce qui en soi était déjà un miracle, et avait sorti le fusil de chasse à l'éléphant de dessous le siège avant. C'est à ce moment-là que, titubant, il avait fusillé sauvagement sa Land Rover. Il se demandait encore comment elle n'avait pas explosé.

Il entendit un nouveau coup de feu, toujours aussi

lointain, et se retourna brusquement. D'autres chasseurs, des gens presque comme lui. C'était rassurant d'une certaine manière d'avoir trouvé dans ces paysages tous ces Français qui n'étaient peut-être pas des lords mais avec lesquels il se sentait une impensable affinité. Parce qu'ils chassaient, buvaient trop et mangeaient trop. C'était toujours mieux que de se retrouver à Londres, par exemple, entouré de financiers ou d'avocats qui parleraient de leurs dernières lectures.

Sa femme apparut à son tour, marchant d'un petit pas nerveux et lui criant dans les oreilles :

– Michael, Michael ! J'ai trouvé le téléphone du garage qui répare les Land Rover. Si tu veux appeler…

– La voiture n'est pas réparable.

– Qu'est-ce qu'on va faire alors ?

– En acheter une autre.

Les Bollington avaient de l'argent.

– Alexandra ?

– Oui ?

– Il reste de la bière ?

– Oui.

Michael Bollington marcha lentement en direction de son fusil ; la rosée avait dû l'abîmer. C'était toutefois une arme d'excellente qualité. Un troisième coup de feu.

– Alexandra ?

– Oui ?

– Que fait Marmaduke ?

– Il lit, sans doute, il est dans sa chambre en tout cas.

Elle savait que cette réponse allait l'agacer, raison pour laquelle elle avait un peu hésité. Elle aurait pu aussi bien lui dire qu'il épinglait des papillons sur un carton, comme à son habitude, que l'agacement de Bollington père n'en aurait pas été moindre. Marmaduke…

Il lui était plus étranger que tous ces paysans qu'on entendait, cachés dans les bois, et qui venaient de lever une bête avec leurs chiens qui aboyaient. Lord Bollington tourna la tête vers la fenêtre de la chambre de son fils et crut effectivement remarquer une silhouette se dessiner derrière les carreaux froids et gris. Il avait dû allumer un feu dans la cheminée et se recroqueviller comme un chat dans son gros fauteuil, emmitouflé dans sa robe de chambre à revers en satin sans doute, à fumer des cigarettes et à lire, comme elle disait.

Ayant aperçu son père dans le parc, Marmaduke laissa retomber le rideau mollement et fut saisi d'une légère appréhension. Lord Bollington était de mauvaise humeur devant la carcasse de la Land Rover. Heureusement que sa mère était là pour lui offrir la protection dont il allait avoir besoin.

L'intérieur de la maison était froid comme une caserne. Et sombre. La seule touche de couleur dans cette immense cuisine venait des jouets en plastique cassés qui parsemaient le sol et parfois, un dessin d'enfant accroché à un clou sur une étagère où on avait posé de vieilles tasses ébréchées qui, en leur temps, avaient dû coûter très cher. Richard Carter appela à nouveau. Pas de réponse. Même les chiens n'avaient pas aboyé. Sans doute étaient-ils partis en promenade. Toute la famille. Pourtant, ça ne leur ressemblait pas. Ils étaient trop nombreux. Cinq gosses. Et ils avaient pris l'habitude de faire les choses séparément. Une photo de groupe les représentait ensemble sur un banc dans le parc, réalisée l'été dernier par un Gainsborough photographe. Johnny était debout, appuyé au banc sur lequel sa femme avait pris place à côté des deux aînés, deux jeunes garçons blonds aux traits féminins, tandis que le troisième garçon et ses jeunes sœurs jouaient dans l'herbe, sur une grande couverture à carreaux.

Richard Carter se retourna et observa le linge et les vieux torchons qui séchaient sur des cordes tendues à travers la cuisine, par-dessus l'évier où s'empilaient des assiettes sales, des couverts en argent maculés de vieille graisse et des verres devenus grisâtres, teintés au fond par le vin qu'on n'avait même pas pris la peine de déverser.

Il entendit un bruit de sabots à l'extérieur et se tourna vers la fenêtre immense, presque opaque, divisée en petits carreaux réguliers, qui s'ouvrait sur un parc illuminé par un soleil glacial. Johnny revenait d'une promenade à cheval, vêtu d'un Barbour brun qu'on n'avait pas lavé depuis des mois, peut-être des années, taché de boue et déchiré par endroits. Richard Carter ne put s'empêcher en cet instant d'admirer l'élégance de cet homme. Lui-même avait été cavalier, en raison de l'éducation qu'on avait voulu lui donner, mais il n'avait jamais aimé tout ce folklore et les dangers qui l'accompagnaient.

Johnny avait mis pied à terre et se dirigeait vers l'écurie en enlevant sa casquette et s'épongeant le front du revers de la main. Il marqua une pause, leva les yeux et observa le ciel, les mains dans les poches, les épaules en arrière, toujours sans s'être rendu compte qu'on l'observait depuis les fenêtres de la cuisine. Richard Carter songeait qu'il fallait rendre justice à l'auteur inconnu du livre qu'il avait brûlé la veille, car il avait assez bien rendu dans ses pages la nonchalance à la fois supérieure et bienveillante qui se dégageait de cet homme. Carter ressortit dans la cour du château pour ne pas donner l'impression d'avoir commis une indiscrétion.

En entendant son pas sur le perron, Johnny se retourna et le salua sans vraiment s'étonner de le trouver là.

Après les haussements de sourcils et les banalités d'usage, Richard Carter demanda à Johnny McGuire si sa femme n'était pas là.

– Laura est en Angleterre. Avec les enfants.

– Euh…

– Pour les vacances. Seulement, ajouta-t-il avec un léger sourire comme il avait deviné les pensées de Richard Carter. Problèmes financiers, expliqua-t-il en désignant d'un geste large la cour du château.

Richard Carter n'ignorait rien des problèmes financiers de McGuire. Il en savait même plus qu'il n'eût cru possible. Grâce au livre. Il avait lu, sans en acquérir la preuve définitive, mais sans en éprouver le besoin non plus, que Johnny avait détourné l'argent de sa femme à son insu pour faire ensuite des investissements foireux et se retrouver là, à mettre le bâtiment principal du château en vente, à ne plus pouvoir se payer ni chauffage ni téléphone, à peine de quoi manger.

– Laura est retournée dans sa famille ?

– Oui. Je vais vous montrer. Là, dit-il en désignant sur une étagère de la cuisine une carte postale représentant une immense demeure du XVIIIe siècle, au bout d'une pelouse sans fin, parsemée d'arbres centenaires. C'est la demeure de l'amant de ma belle-mère. Il est obligé d'organiser des visites pour entretenir tout ça, il a des subventions, mais il a gardé des appartements. Là, dit-il en posant le doigt sur une rangée de fenêtres du dernier étage. Je ne m'inquiète pas pour Laura, conclut-il avec un soupir qu'il fit suivre immédiatement d'un sourire amusé. Je suis désolé, je n'ai rien à vous offrir. Il me reste peut-être un sachet de thé, je crois. J'ai fini le Nescafé hier.

– Ce n'est pas grave. Aucune importance.

Carter ne pouvait s'empêcher de se demander si le

départ de Laura avait un quelconque rapport avec la lecture du livre. Johnny n'avait rien lu depuis qu'il en avait fini avec son collège privé et qu'il avait refusé de satisfaire les ambitions de son père, colonel dans les Blues & Royals, en n'allant pas à Sandhurst. Il ne devait donc pas être au courant. En revanche, elle, l'avait peut-être lu et était rentrée en Angleterre sans rien expliquer de ses véritables raisons, pour préparer sa vengeance, entourée de son clan, devant les immenses cheminées de la demeure du Derbyshire.

– Il n'y a pas d'école en ce moment ?

– Si, mais…

Johnny haussa les épaules. Cette réponse confirma les craintes de Richard Carter. Celui-ci se sentait de plus en plus mal à l'aise. Il savait qu'il faudrait à un moment ou à un autre en venir au fait, et il voyait bien que Johnny attendait et le considérait d'un air légèrement perplexe.

– Vous êtes familier d'un certain Bollington ? demanda Carter qui connaissait déjà la réponse.

– Oh, Bollington…, fit Johnny sur un ton où la lassitude se mêlait à un léger agacement. Oui, j'ai eu affaire à lui. Malheureusement, ajouta-t-il. Une merde, vraiment. Du reste, c'est ce que dit son père à son sujet.

– Vous connaissez son père ?

– Ma famille le connaît. J'ai des cousins dans le Yorkshire qui habitent près du domaine des Bollington. J'ai rencontré le père une ou deux fois. Un type avec de longs cheveux gris, saoul du matin au soir. On dirait euh… un poète irlandais. Avec de vieilles vestes en tweed. Ce genre de choses. Pourquoi est-ce que vous me posez cette question ?

Parce que Bollington était le troisième personnage que Richard Carter avait reconnu dans le livre, en dehors de lui-même et de McGuire. Et encore, c'était seulement en recoupant toute une série de ragots qu'il en était arrivé à cette conclusion. On trouvait dans ce même livre, en plus des révélations sur les fraudes fiscales de Bollington, le récit d'actions spectaculaires qui lui auraient sans doute valu plusieurs années de prison.

– Vous voulez faire des affaires avec lui ? Si c'est le cas, je vous le déconseille, ajouta Johnny McGuire. Et je parle d'expérience.

Ça aussi c'était dans le livre. Bollington s'inscrivait sur la liste des mauvais investissements, mais McGuire n'ayant placé que de l'argent volé, il n'était pas, d'une part, vraiment en mesure de le récupérer ni même d'engager une action en justice et, d'autre part, il n'était pas violent, contrairement à Bollington.

– Non, non, répondit finalement Carter. En fait… en fait…

Il était visiblement inutile d'attendre plus longtemps pour donner les raisons de sa visite.

– Je venais vous parler d'un livre.

– Ah ?

Pour le coup, Carter avait réussi à l'étonner.

– Quel livre ?

Carter lui donna le titre et le nom de l'auteur.

– Connais pas. C'est un bon livre ?

Malgré son ton poli, on percevait parfaitement que la conversation l'ennuyait et qu'il n'attendait pas franchement de réponse à sa question.

– Votre femme, euh… Laura ne l'a pas lu non plus, n'en a pas entendu parler ?

– Je ne sais pas.

– Elle ne l'aurait pas emporté avec elle en Angleterre pour lire dans le train ?

McGuire fronça les sourcils et regarda Carter comme

s'il était devenu fou. Il était même quelque peu irrité par cette interruption car il avait prévu de dormir quelques heures avant d'aller se saouler le soir, avec toute la lenteur requise, en compagnie d'un ami anglais au bar de Saint-Jory-de-Chalais.

– Laura est en Angleterre depuis combien de temps ?

– Une semaine. Je euh... Je dois dire que je ne comprends pas très bien tout ce euh...

– Je vais vous expliquer.

– Je sens des mauvaises ondes, expliqua Oriel (Norma de son vrai nom) en revenant de l'enclos des chèvres.

Elle avait parlé sans prendre le temps de réfléchir et Mark avait fait semblant de ne pas l'entendre, occupé à quelque tâche inutile dans son jardin biologique. Elle regardait ses chaussettes grises dans ses sandales et relevait distraitement une mèche de cheveux sur son front.

– Mark...

– Hmmm.

– Il y a quelque chose... je ne sais pas... je voudrais savoir quelque chose.

Il s'efforça de répondre d'une voix calme, presque compatissante, d'une grande sensibilité en tout cas.

– Oui ?

– J'ai lu un livre, Mark.

Jusque-là, rien d'étonnant, elle passait sa vie à ça : *La Médecine par les plantes, Les Planètes et le Bien-Être de la femme, La Sagesse celtique* ; après quoi, le soir, ils en discutaient pendant des heures. Ou plutôt elle monologuait, à moitié saoule, sur tout le bien que Saturne apportait à sa féminité et sur les divers quartiers de la lune. En échange, il avait parfois le droit de regarder un match de football et même de hurler devant sa télévision si un club anglais jouait.

– Oui, répéta-t-il en caressant sa longue barbe blonde pour se donner un air réfléchi. C'est la lecture d'un livre qui t'a angoissée ?

– Quand tu étais militant des droits des animaux, Mark, et que tu montais des opérations contre les laboratoires qui pratiquent la vivisection, tu sais, Mark, tout ce que tu m'as raconté ?

– Oui ?

Il s'était attendu à une séance de réconfort mutuel et karmique un peu ennuyeuse, mais il commençait à sentir que quelque chose de très déplaisant allait suivre.

– Tu sais, il ne faut pas croire ce qu'on lit dans les bouquins sur les groupes comme celui dans lequel j'ai milité. En général, ils sont financés par des laboratoires pharmaceutiques qui essayent eux-mêmes d'influencer les euh… autorités, parce que l'argent, l'argent considérable qui…

– Non, ce n'est pas ça. Est-ce que tu as posé des bombes, Mark ? Est-ce que tu as tué quelqu'un ?

Il la regardait fixement, sans rien dire, figé, un peu comme s'il allait la tuer, justement.

– Mark ?

Quel rapport entre le livre qu'elle venait de lire et cette question ? Elle venait sûrement de finir une enquête où on mentionnait le meurtre du Dr Gordon, tué par une bombe dans son laboratoire où il pratiquait des expériences sur les chimpanzés. Mais comment en était-elle venue à se demander s'il était l'inconnu qui avait posé la bombe ?

– Mark ?

– Pourquoi est-ce que tu me poses une question

aussi absurde ? Bien sûr que non, répondit-il à toute vitesse. Je suis euh... je crois euh... à la non-violence.

Il n'avait jamais parlé aussi rapidement, et maintenant c'était elle qui l'observait avec perplexité. À cause de son silence initial, il s'en rendait bien compte, puis cet air agité pour nier qu'il avait tué quelqu'un.

– Tu me parlais d'un livre..., dit-il avec un sourire radieux qui révéla ses dents de non-fumeur.

– Non, ça ne fait rien.

Elle tourna les talons pour rentrer dans la bergerie restaurée et retrouver ses cristaux guérisseurs et ses bâtonnets d'encens.

Il entendit son pas dans l'escalier. Puis le long du couloir. Elle se dirigeait vers la salle de bains. Le bruit de la clef qui tourne dans la serrure.

Il rentra dans la maison à son tour et courut aussi silencieusement que possible vers la chambre à coucher. Pas de livre sur la table de nuit. Il chercha sous le lit et ne trouva rien. Est-ce qu'elle lui cachait ce livre ? Il avait remarqué qu'elle lisait dans la baignoire. Mais à son souvenir, il ne s'agissait que d'un roman. Ça ne pouvait pas être ça. Un roman qui, au demeurant, ne lui ressemblait pas, à en juger par la couverture. Elle était en train de faire couler l'eau pour prendre un bain. Elle s'enfermait des heures là-dedans, avec ses huiles essentielles, ses savons sans colorants, ses senteurs bénéfiques et ses méditations relaxantes. Il alla frapper à la porte.

– Oriel !

Pas de réponse. Elle s'imaginait peut-être qu'il allait l'étrangler ou quoi ?

– Oriel ? Tu médites ?

– Oui, Mark, répondit-elle au bout d'un certain temps.

– Je peux entrer ?

– Pas tout de suite. Si ça ne t'ennuie pas. C'est à cause de ces mauvaises ondes, je voudrais retrouver mon espace par l'élément liquide.

Il retourna dans la chambre à coucher pour chercher plus en profondeur le livre qui aurait permis à Oriel de deviner la vérité sur lui-même.

Lord Bollington avait fait construire dans un arbre de son parc une sorte de palombière à laquelle on accédait par une échelle formée de bouts de bois cloués directement au tronc.

Il était posté devant l'arbre, à côté d'une cage pleine de colombes qu'il avait envoyé chercher au marché de Thiviers le matin même. Marmaduke était en haut, vêtu d'une veste en tweed, d'une casquette en tweed, et portait deux cartouchières croisées sur sa poitrine dodue et un fusil de chasse à la main.

Il s'était vu mourir cent fois en escaladant cet arbre que le vent agitait. Il s'était senti rougir, la veste qui le serrait aux épaules entravait ses mouvements, et il n'était pas naturellement agile. Malgré le froid, il suait abondamment et sa chemise lui collait à la peau. Tandis qu'il montait dans la petite cabane de bois absurde perchée sur cet arbre, des sentiments confus se mêlaient à sa peur. Il en voulait à sa mère de ne pas avoir été assez ferme pour lui éviter cet « exercice de tir » que lui infligeait son père et qui n'était que l'expression de l'agacement de ce dernier vis-à-vis de tout ce qu'était son fils. Il y avait aussi la haine qu'il éprouvait envers son père, cette maison et cette campagne, mais ce sentiment confortait de toute manière le fond de la plupart de ses pensées.

Il avait fallu une volonté de fer pour ne regarder que

le tronc de l'arbre, ne pas lever les yeux et, surtout, ne pas se tourner vers la silhouette de son père en bas, minuscule, qui l'observait les mains sur les hanches, le visage déformé par un rictus. Le fusil qu'il portait en bandoulière lui heurtait le dos chaque fois qu'il gravissait un échelon et il était sûr qu'il en garderait un bleu énorme. Il exigerait alors de sa mère avec des trépignements qu'elle vienne lui passer de la pommade. Mais on en était encore loin. Quand il arriva dans la palombière, il se laissa tomber sur le sol et respira lourdement. Il avait l'impression d'être suspendu en haut d'un mât en pleine mer, au milieu de la tempête. Les mouvements de l'arbre étaient incessants, comme un hochet infernal que son père agitait dans le vent.

Soudain, il entendit un cri. « Tu dors ? » Il n'aurait su combien de temps il était resté allongé sur ces planches à essayer de retrouver son souffle. Marmaduke, qui n'avait que seize ans, se releva alors avec des précautions de vieillard descendant d'un train.

– Le fusil est chargé ?

– Oui.

La réponse était sortie de sa bouche comme un murmure effrayé.

– Le fusil est chargé ?

– Oui ! cria-t-il en serrant les dents cette fois.

Bollington prit une colombe dans la cage et la lança en l'air en hurlant : « À toi, Marmaduke ! », et l'enfant déchargea les deux canons de son arme jusqu'à ce que l'oiseau explose en une pluie de plumes blanches et de gouttes de sang.

Si Marmaduke ratait sa cible, il avait droit à une bordée d'injures auxquelles il répliquait par de timides « Pardon, papa ! » Puis il se demandait s'il arriverait, à cette distance, à atteindre son père et lui faire exploser la tête. Avec ces petits plombs c'était difficile, et il voyait mal comment il pourrait faire passer cet heureux événement pour un accident de chasse.

Bollington s'apprêtait à vomir quelques insultes supplémentaires à sa progéniture qui avait raté la deuxième colombe lorsqu'il vit arriver au bout de l'allée une Land Rover recouverte d'une bâche en tissu de camouflage, sortie d'un surplus militaire, et reconnut là le véhicule de Johnny McGuire. Bien que n'ignorant pas l'antipathie justifiée de ce dernier à son propre égard, il ne s'inquiéta pas outre mesure de cette apparition car il était fondamentalement incapable de la moindre inquiétude, mais une certaine curiosité s'éveilla en lui. Lorsqu'il aperçut à travers le pare-brise étroit un deuxième passager, il se demanda quand même si on n'était pas venu le tuer, avec un fusil de chasse par exemple. Les événements qui suivirent se révélèrent moins dramatiques dans l'immédiat.

Il vit McGuire descendre de la voiture ridicule qu'on lui avait prêtée et lui faire un geste de la main presque amical. Le deuxième passager du véhicule militaire était un petit homme d'une soixantaine d'années qui avançait le dos légèrement voûté, lentement, comme s'il craignait que la boue ne tache son pantalon de costume bleu sombre, parfaitement incongru dans ce décor et en cette saison.

– J'arrive ! cria Bollington en abandonnant ses colombes et son fils dans la palombière.

Marmaduke resta seul, depuis son poste, il n'avait pas vu les nouveaux arrivants et ne comprenait pas pourquoi les colombes avaient cessé d'apparaître entre les arbres. Il se mit alors à appeler d'une voix faible : « Papa ! Papa ! » Mais il ne reçut pas de réponse.

L'entrée était un vaste hall décoré de grands portraits

du XVIIe. Bollington expliquait à l'occasion qu'ils représentaient ses ancêtres, mais le livre révélait qu'il les avait acquis dans une salle des ventes à Londres, ce que le propriétaire de ces œuvres ne savait pas encore.

Carter et McGuire étaient en train d'admirer l'escalier en pierre qui menait à l'étage quand ils entendirent une porte s'ouvrir derrière eux et la voix de Bollington qui aboyait : « Johnny ! Johnny ! Johnny ! » avec une jovialité un peu forcée.

McGuire le salua froidement avant de présenter Carter.

– Ah, j'ai entendu parler de vous, répondit Bollington, par Sue Brimmington-Smythe.

– Hmmm.

Bollington les regarda l'un après l'autre comme s'il était tout d'un coup extrêmement surpris de les voir là. Il consulta sa montre, vit qu'il était midi et demi et déclara : « Apéritif ».

Il les entraîna à sa suite dans un salon meublé de fauteuils en cuir, de petites tables et d'un immense Chesterfield à moitié défoncé. Il se dirigea vers une de ces tables sur laquelle étaient posées des carafes en cristal taillé, d'assez mauvais goût, qui contenaient, à en juger par la couleur de ces divers liquides, du whisky, du cognac, du porto, etc.

– Alexandra n'est pas là ? demanda McGuire.

– À la messe, répondit Bollington, puis se tournant vers Carter, il ajouta : Nous sommes catholiques.

Il s'était même occupé à l'occasion d'œuvres de charité, avait distribué la soupe pour le Secours catholique à Périgueux, jusqu'au jour où l'alcool et l'ennui aidant, il avait conseillé énergiquement à toute cette bande de pouilleux d'aller se laver et de se trouver un travail.

Il était en train de remplir trois verres avec du whisky

sans avoir demandé à ses hôtes s'ils désiraient autre chose, quand il se retourna brusquement vers Carter comme frappé par une révélation :

– Mais le curé est votre beau-frère, d'ailleurs, non ? C'est bien ça, non ?

Encore une fois, Carter répondit par un grognement affirmatif, puis il prit le verre que lui tendait Bollington sans se donner la peine de le remercier.

– Vous êtes catholique ? lui demanda Bollington.

– Non.

– Ah ? Seulement votre femme alors ?

– C'est ça.

– Ah !

Au ton qu'il avait employé pour prononcer cette dernière syllabe, on devait comprendre que Bollington trouvait la situation extrêmement étrange, presque incompréhensible. Il préféra se tourner vers Johnny.

– Alors Johnny ? Quoi de neuf ? Que me vaut le plaisir de cette visite, hein ?

Il vida son premier whisky d'un trait avant de s'en resservir un autre immédiatement, ce que Carter trouva relativement spectaculaire.

– Nous avons des ennuis.

– Ah ? Je ne sais pas si je pourrai vous aider, parce que… euh… je connais ta situation, et peut-être que notre ami aussi, euh…

– Je crains, mon cher Michael, que tu aies les mêmes ennuis que nous, mais tu ne le sais pas encore.

Bollington resta sans voix. Dans le silence qui suivit, il se demanda même si Johnny McGuire n'était pas en train de le menacer. Ce dernier savourait l'évidente perplexité de son interlocuteur et décida d'attendre avant de donner de plus amples explications, mais

Carter lui gâcha le plaisir en déclarant immédiatement : « C'est à propos d'un livre. »

Il ne l'avait pas entendue sortir de la salle de bains. C'était elle qui avait répondu au téléphone et lui criait d'une voix agacée qu'on le demandait. Il descendit les escaliers en courant et saisit le combiné encore humide. Il eut juste le temps de croiser le regard de sa femme et de percevoir dans ses yeux toute la désapprobation qu'elle éprouvait pour le personnage à l'autre bout du fil.

– Allô, Olson ?

– Lui-même.

– Il faut que je te voie, c'est urgent.

– Je ne sais pas si…

– C'est très urgent, Olson.

Mark Olson poussa un soupir et se résigna. Avant même qu'il ait eu le temps d'ajouter quelque chose, il entendit Bollington qui disait : « C'est même grave. »

Il sentait la présence de sa femme derrière lui, enveloppée dans une serviette, qui attendait de voir s'il aurait le courage de refuser ses services à Bollington.

– C'est bon. Quand est-ce que tu veux me voir ?

– Le plus tôt possible.

– Demain à onze heures ?

– Avant.

– Impossible.

– Neuf heures ?

Cette fois ce fut Bollington qui soupira, avant de se mettre à aboyer :

– Aujourd'hui. Maintenant. Je suis là avec quelques euh… amis. Et nous devons parler. Immédiatement.

– C'est bon, j'arrive.

Il raccrocha et marqua un temps avant de se retourner

pour ne pas avoir à affronter Oriel. Il resta là, tête baissée, les épaules voûtées. Finalement, ce fut elle qui brisa le silence.

– Alors ?

– Alors il a besoin de me voir. Je ne peux pas faire autrement.

– Ça dure depuis qu'on vit ici. Il te traite comme son domestique. Il sonne et tu cours.

– Je travaille pour lui. Il me paye.

– Pfff. T'appelles ça être payé.

Il chercha désespérément quelque chose à lui répondre et ne trouva rien de mieux que : « Il n'y a pas que l'argent dans la vie. »

Elle lui éclata de rire au nez et Mark Olson la considéra d'un air étonné.

– Je te trouve changée. Avant, tu étais moins euh… matérialiste.

– Mon pauvre Mark.

– Qu'est-ce que tu veux dire par là ?

– Rien. Ton maître t'attend. Dépêche-toi.

Il haussa les épaules puis écarta les bras en essayant de dissimuler sa colère ; toutefois, elle voyait qu'il avait rougi et que ce n'était pas de la honte, plutôt une fureur qu'il maîtrisait de moins en moins bien. Il était même tenté de la gifler. Il ne le pouvait pas à cause du jeu qu'il pratiquait depuis si longtemps, toutes ces conneries sur la non-violence, la sensibilité humaine, l'harmonie. Alors qu'il n'avait plus qu'une envie : l'étrangler. Elle croisa les bras, le toisa d'un air arrogant et, tournant les talons, elle se dirigea vers la chambre.

Malgré la pluie battante, il ne prit même pas le temps d'enfiler son vieil anorak. Elle le regarda démarrer puis remonter l'allée tandis que de grandes gerbes de boue giclaient sous les roues et éclaboussaient l'herbe de la pelouse.

Seule dans sa chambre, elle prit distraitement un ouvrage consacré aux pouvoirs bénéfiques de la couleur qui, disait-on, ferait des miracles pour son bien-être mental, physique et spirituel. Elle relut pour la quinzième fois au moins que le jaune est le reflet d'une aura très active, que le rouge confère une certaine puissance sexuelle à qui s'en couvre, que le bleu apporte l'inspiration, etc. En conséquence de toute cette sagesse, elle s'habilla comme un perroquet et se rappela que c'était le jour de la séance de dessin chez Helen Rover.

Depuis que Sue Brimmington-Smythe avait vendu son auberge doublée d'une école de peinture, Helen Rover organisait des séances de dessin pour les peintres anglais de Dordogne, pratiquement toutes des femmes, réunies autour d'un modèle brueghelien. Les séances se déroulaient dans une ancienne grange que Dave, le compagnon d'Helen, avait transformée en atelier de poterie et de peinture et de diverses choses.

Oriel avait décidé de se joindre au groupe pour laisser libre cours à sa créativité, même si elle s'y sentait mal à l'aise. On était pourtant aimable avec elle, d'une amabilité presque palpable et elle sentait parfaitement que dans son dos on devait se foutre d'elle. Elle n'avait pas voulu se présenter sous son vrai nom, Norma, trop prolétaire, trop démodé aussi, et s'était résignée à Oriel même si, à la présence de ces femmes, elle se doutait du ridicule de son choix ainsi que le témoignait le silence à peine perceptible qui précédait son nom quand on l'apostrophait. « Vous voulez une tasse de thé… Oriel ? », ou « pourriez-vous me passer ce torchon… Oriel ». Mais au moins elle voyait d'autres personnes. Depuis qu'ils vivaient en France, Mark était devenu un ours.

Quand elle arriva la dernière, ce jour-là, elle se rendit compte parmi ces peintres qui étaient toutes susceptibles de lire *Country Life* que ses vêtements étaient également ridicules.

2

– Lord Bollington attend, déclara le gros Albert à Mark Olson quand il se présenta à la grille du château.

Et ce dernier ne put s'empêcher d'adresser au domestique, qui était aussi un rival dans la maisonnée Bollington, un petit sourire en coin ; on aurait dit que par cette grimace, il parvenait à préserver un semblant d'indépendance. Albert lui renvoya un regard qui signifiait : « Toi, je te tuerai peut-être un jour », avant de s'incliner légèrement en avant et, d'un geste du bras, indiquer l'allée qui menait à la grande porte.

Bollington était dans le bureau en compagnie de McGuire et d'un autre type d'une soixantaine d'années, visiblement fatigué, que Olson ne connaissait pas. Ils avaient tous l'air plutôt tendu et, à la rougeur des joues de Bollington, il vit encore qu'ils avaient dû consommer une quantité non négligeable de whisky.

– Entre, assieds-toi, fit Bollington. Tu connais Johnny, et voici monsieur Carter, un euh… voisin. Nous voulons te parler d'un livre.

La deuxième fois dans la matinée. Olson trouva que c'était beaucoup. Et il se mit à pâlir aussitôt.

– Vous êtes au courant ? demanda Carter, qui avait remarqué sa réaction.

– Au courant de quoi ?

Sa main tremblait légèrement sur l'accoudoir du fauteuil dans lequel il avait pris place.

– Il s'agit, commença Carter, d'une situation quelque peu délicate. Nous sommes…

– Nous sommes dans la merde, interrompit Bollington en allant droit au fait.

Puis il se mit à rire.

Carter se racla la gorge et McGuire reprit un whisky. L'alcool, se mêlant à la haine qu'il éprouvait pour Bollington décuplée par le luxe dans lequel vivait ce dernier, contribuait à son vertige d'autant plus aggravé par l'absurdité de la situation. Lui qui ne lisait jamais voyait toute sa vie menacée par un livre.

– Expliquez, Carter, ordonna Bollington.

– C'est ce que j'étais en train de faire, rétorqua Carter d'un ton agacé. Il s'agit d'un roman, disais-je, dans lequel nos euh… nos petits secrets, les plus troublants, se trouvent en quelque sorte révélés.

– Quels secrets ? demanda Olson.

– Lis le roman, et tu verras, répondit Johnny McGuire en éclatant de rire à son tour.

– C'est bien le moment de faire de l'humour, lui cria Carter en perdant son calme pour la première fois.

McGuire continuait à rire nerveusement, et ne trouva rien de mieux pour se calmer que de vider son whisky d'un trait et de s'en servir un autre.

– Ce n'est pas le moment de se saouler non plus, remarqua Bollington, qui était lui-même déjà saoul.

Johnny McGuire haussa les épaules et se servit en renversant du whisky sur la petite table en acajou où étaient posées les carafes.

– Je n'ai pas de secret, déclara Olson en faisant mine de se lever.

– Tu te fous de moi, répliqua immédiatement Bollington. Et la bombe dans les laboratoires ?

Olson était blême. Il se mit à bégayer en regardant tour à tour McGuire et Carter.

– Vous voulez me faire chanter ! hurla Olson en pointant un doigt accusateur vers les trois autres. Bande de salauds. Je n'ai tué personne !

– Tais-toi, imbécile, lui cria McGuire. Puisqu'on te dit qu'on en est tous au même point. Ou presque. Il y en a pour tout le monde dans ce bouquin. Bollington, Carter, toi, moi.

– Vous avez tous tué ?

– Quand même pas, lui répondit McGuire avec toujours ce sourire vaguement hautain. Mais comme disait Bollington, on est tous dans la merde.

– Carter, insista Bollington, continuez.

– J'ai reconnu à la lecture de ce livre mon ami Johnny McGuire, ici présent, et j'ai cru deviner qu'un autre des personnages était monsieur Bollington...

– Après vous être reconnu vous-même, n'oubliez pas de le dire, fit Bollington.

– Oui, oui, répondit Carter, en proie à un agacement croissant.

– Et vous seriez aimable de dire *lord* Bollington.

Carter haussa les sourcils et regarda son interlocuteur droit dans les yeux.

– J'ai oublié de vous signaler que dans ce livre, que vous feriez bien de lire, il est précisé que votre titre est usurpé. Ou plus exactement que votre titre exact est *lord of the manor*, et que vous avez acheté cette distinction pour une somme considérable.

Bollington s'étrangla ; McGuire se retourna pour ne pas montrer qu'il pouffait de rire à la suite de cette merveilleuse déclaration, qui le vengeait en partie de l'argent que lui avait volé Bollington. Même Olson souriait. Bollington laissa tomber son verre et le whisky se répandit sur le somptueux tapis persan. Puis il esquissa un pas vers Carter. Olson se leva d'un bond et, étant le seul homme sobre de cette assemblée, parvint à contenir Bollington en le ceinturant et en criant : « Ça suffit, ça suffit ! »

Bollington soufflait comme un bœuf en poussant des jurons dignes d'un authentique lord. Carter croisa les jambes sur son fauteuil en affectant un calme exagéré.

Tout en agissant ainsi et en échangeant ces paroles, ils avaient l'impression de jouer une farce pour eux-mêmes. Mais c'était plus fort qu'eux, ils n'arrivaient pas à se parler autrement. Toute leur vie, ils s'étaient tenus debout, un verre à la main, dans un pub, ou dans les salons des uns et des autres, à échanger des saillies et des plaisanteries en tout genre. C'était le seul langage dans lequel ils se reconnaissaient vraiment. Ils pouvaient aussi en faire porter la responsabilité aux innombrables émissions comiques qu'ils avaient regardées à la télévision et qui avaient fini par déteindre sur tout leur comportement.

Et plus le danger était grand, plus le besoin de lancer des plaisanteries légèrement ironiques augmentait.

– On ne s'en sortira jamais comme ça, déclara Carter. J'ai tenu à ce que nous ayons cette petite réunion pour vous informer du danger qui pèse sur nous... euh... indéniablement. D'autant plus qu'un article mentionnait la parution dans six mois environ d'un autre livre du même ordre, une sorte de suite. Je vais être franc avec vous, ce premier livre ne révèle pas tous mes... toutes mes petites peccadilles, n'est-ce pas. Et je doute que tout ait été dit sur vous, mes amis. Je voudrais que vous lisiez ce roman, et que nous nous retrouvions d'ici quelques jours. Nous pourrons peut-être, en collaborant, déduire la véritable identité de l'auteur. Nous déciderons ensuite des mesures qui s'imposent.

Des aboiements effrayants retentirent dans le parc. Bollington s'approcha de la fenêtre et souleva un rideau.

– C'est ma femme qui rentre de la messe, dit-il. Excusez-moi, mes amis, si je ne vous propose pas de rester déjeuner.

La pièce du bas était sombre, malgré les fenêtres à la française et le plafond élevé. Le carrelage de l'entrée, noir, blanc et gris, était disposé de façon à donner le vertige quand on regardait le sol, par un effet d'optique semblable à celui d'une lithographie des années soixante, mais uniquement en teintes ternes ; on voyait de tels carreaux dans les vieilles épiceries qui n'avaient pas été rénovées, souvent à moitié recouverts de sciure. Ils appartenaient à un monde d'odeurs tristes, un monde qui à force de se répéter semble rétrécir de jour en jour. Il enleva son manteau humide et l'accrocha à côté de celui de sa femme, toujours sec. Elle ne sortait jamais. Son vêtement avait fini par ressembler à une vieille couverture, ou un pan de tissu dans lequel on aurait pu tailler des pantoufles. La porte menant au salon s'ouvrit avec le même bruit de verre qui tremble. Des petits carreaux encore, jaunes, verts, rouges, opaques. Toute la maison lui apparaissait désormais comme un assemblage hideux de petits carreaux. La pièce était plongée dans la pénombre, on n'avait pas tiré les rideaux. Ce n'était pas le jour de la femme de ménage, et Marie n'avait vraisemblablement pas quitté la chambre. Il n'osa pas appeler, de peur de la réveiller. Elle se reposait. Peut-être lisait-elle, le dos appuyé contre les gros oreillers aux taies brodées qui, ainsi qu'elle le disait souvent, étaient dans la famille depuis toujours. Dieu sait combien de personnes, songeait-il parfois, avaient pu crever là, la tête sur un de ces sacs de vieilles plumes, la bouche ouverte, essayant de laisser sortir du fond de leur gorge quelque dernière recommandation sur la fortune familiale.

Carter s'approcha de la cheminée et dispersa les cendres de la veille. On voyait encore trop bien que c'était un livre qui avait brûlé là. Il ramassa son verre à whisky là où il l'avait laissé et le porta dans la cuisine où il l'abandonna au milieu de l'évier. La bonne viendrait le lendemain et, ce soir encore, il pourrait se resservir sans avoir à salir un autre verre. Quelle idiotie ! Sa dernière pensée le surprit lui-même. Il en était venu à mimer les pires réflexes de sa femme. Il devait être bien saoul pour avoir jeté ce livre au milieu des flammes. Il n'avait plus qu'à aller le racheter maintenant. Et le relire, encore et encore, pour chercher dans les moindres détails l'identité de l'auteur qui les connaissait tous. La précision avec laquelle on avait décrit ses crimes passés le conduisait à penser que ce qu'il avait appris sur ses nouveaux camarades devait être tout aussi exact.

Il avait évidemment écrit à l'éditeur, en lui faisant part de son admiration pour cette œuvre unique, et exprimé le désir de rencontrer l'auteur. On lui avait dit aux éditions de la Tour Eiffel, qui ne publiaient habituellement que des Mémoires de semi-célébrités de la télévision, qu'on transmettrait sa demande. Il avait donné un faux nom, sa demande était restée sans suite. Il avait alors prétendu qu'il était journaliste et qu'il voulait interviewer l'auteur, même par téléphone. Il ne donnait pas d'interviews. Il avait écrit au traducteur à la maison d'édition pour le féliciter de la qualité de son travail. Pas de réponse. Il s'adressa aux renseignements. On lui demandait dans quel département vivait cette personne. Il cita Paris au hasard. On n'y trouva pas l'association du nom et du prénom qui figuraient sur la page de titre. Même chose en Dordogne. La maison d'édition anglaise qui avait publié la première version du livre n'existait plus, lui dit-on. Et le livre n'était pas disponible en anglais. Les critiques parues dans la presse écrite n'étaient jamais agrémentées d'une photo de l'auteur, on y reproduisait toujours cette même couverture tout aussi vulgaire que celles des autres ouvrages des éditions de la Tour Eiffel.

Il entendit un mouvement au-dessus de sa tête.

– Marie ?

– C'est toi, Richard ?

– Oui, Marie.

– Où étais-tu ?

– Je suis allé rendre visite à un ami. Tu veux que je te monte quelque chose ?

– Non, fit-elle sur le ton d'un martyr qui se résigne à son sort et ne veut rien imposer de pénible à son entourage.

– Une tisane, peut-être ? Tu n'as pas faim ?

– Monte dans la chambre, Richard, je n'ai pas la force de crier comme ça à travers le plancher.

Il monta les marches en sachant ce qui allait suivre. Une heure ou plus à faire semblant de compatir, à aller chercher toutes sortes de choses à la cuisine qu'elle laisserait refroidir ou qu'elle s'efforcerait de vomir sur les draps. Il les changerait lui-même pendant qu'elle le remercierait de sa bonté, assise dans le fauteuil sous une couverture. Elle se plaindrait du froid. Puis comme on était dimanche, son frère, le curé, viendrait lui rendre visite et il les laisserait seuls.

Bollington avait du mal à se concentrer sur le livre. Il aurait bien aimé demander à sa femme de le lire pour lui et de lui en faire un résumé, mais il se rendait bien compte que c'était impossible. Il arriva enfin à un passage dans lequel il se reconnaissait, et là, il trouva ce qu'il lisait absolument passionnant. Il blêmissait, il avait presque peur, mais cette réaction n'était due en rien à la maîtrise des diverses techniques de suspense que l'auteur avait essayé d'employer. Là, on lui rappelait comment sa femme, irlandaise catholique de semi-bonne famille, dans un moment d'exaltation juvénile, avait noué des liens, peu étroits mais suffisamment réels, pour l'envoyer en prison si elle s'était fait prendre avec des membres de l'IRA à Cork. Et lui, avait fini par prêter son yacht ancré à Gibraltar, sur les conseils incessants de son épouse, pour faire passer des armes en Irlande. L'idée ne lui avait pas déplu, ça lui rappelait certains films qu'il avait vus au cinéma quand il était gosse. Et même s'il était anglais, Alexandra l'avait convaincu qu'il était avant tout catholique. Il avait objecté qu'il n'était pas républicain, et elle avait trouvé autre chose à dire dont il n'avait pas le souvenir. Ils avaient eu depuis, l'occasion de regretter l'aventure et visiblement, ce n'était pas fini.

Carter ne connaissait sans doute pas toutes ces histoires, McGuire non plus à vrai dire, même si lui, en tant qu'Écossais presbytérien par ses origines, y trouverait probablement à redire. Au fond, ce n'était pas sa préoccupation principale. Olson était au courant, bien sûr, et pour cause.

Johnny McGuire était de retour dans son manoir glacial. Après un travail long et pénible pour allumer le poêle à bois dans la salle normalement réservée à la télévision, il s'était allongé sur un vieux sofa défoncé pour se plonger dans la même activité que Bollington. Quand il en arrivait aux passages concernant directement ce dernier, immédiatement reconnaissable, il éclatait de rire à haute voix et éprouvait une jubilation qu'aucun livre ne lui avait encore procurée. Il est vrai qu'il en avait lu très peu, et il décida qu'à l'avenir il passerait plus de temps à se constituer une culture littéraire. Les pages dans lesquelles on le décrivait lui-même lui paraissaient euh... moins bien écrites, moins maîtrisées peut-être, mais il n'y avait aucun doute, même si le trait était forcé, à la limite de la caricature, c'était bien de lui qu'on parlait, et les détails de sa petite arnaque relativement minable, mais qui pouvait avoir pour son avenir des conséquences fâcheuses, étaient plutôt exacts, bien que parfois une erreur ou une approximation se fût glissée dans le récit. Il se demanda ce que Carter penserait de lui. Mais tout ce qui concernait Carter était rassurant, de ce point de vue-là du moins. Quant à Olson, s'il était vrai qu'il avait directement causé la mort d'un scientifique... Johnny McGuire ne pouvait s'empêcher de sourire quand il tombait sur une description des imperfections physiques de Carter, même s'il la trouvait un peu cruelle. Et emporté par ces diverses émotions, il en oubliait que le but de la lecture était de trouver qui était susceptible de connaître tous ces épisodes de son passé.

– Vous êtes le quatrième à me le demander ce matin. Je crois qu'il me reste un exemplaire mais je ne suis pas tout à fait sûr. Il faut que je passe une nouvelle commande. Je croyais vous l'avoir déjà vendu ? fit le patron de la maison de la presse en fronçant les sourcils, comme s'il se passait dans son magasin quelque chose d'un peu inquiétant, ou de moralement douteux.

– Je l'ai prêté et on ne me l'a pas rendu, répondit Carter avant d'observer le libraire qui inspectait ses étagères, un homme d'une quarantaine d'années avec une moustache et une blouse grise comme les quincailliers dans les vieux films.

D'ailleurs, Carter commençait à trouver le charme vieillot de certains magasins de Dordogne un peu agaçant.

– Alors, ça se vend bien ce livre ? demanda-t-il tout en connaissant déjà la réponse.

– Eh bien, c'est curieux, voyez-vous, répondit le patron de la maison qui parlait aussi comme dans un vieux film, mais ce sont surtout les Anglais de la région, vos compatriotes, n'est-ce pas, qui sont demandeurs.

Puis il conclut par un sourire comme si ce qu'il venait de dire relevait de la plaisanterie. Carter poussait des grognements en guise de commentaires.

Il restait bien un exemplaire sur l'étagère et Carter l'emporta la mort dans l'âme pour se consacrer dans les jours à venir à un commentaire critique d'un genre un peu spécial.

Olson avait cherché Oriel pendant une bonne demiheure avant de se résigner. Il n'avait plus aucun doute que le livre qu'elle lisait était celui dont lui avaient parlé cette ordure de Bollington, cet imbécile de McGuire et le petit pédant ratatiné qu'il avait immédiatement classé comme un snob réactionnaire. Il alla directement à la salle de bains, et là, trouva l'exemplaire du roman qu'il cherchait, gonflé comme une éponge par l'humidité. Lui qui avait cherché un essai dans tous les sens à peine quelques heures auparavant, il ne s'agissait en fait que de ce vulgaire roman, sans aucun contenu, spirituel, disons. Les pages étaient gondolées, l'encre avait bavé par endroits, et il crut qu'il allait devoir avaler un pavé, quand il vérifia le nombre de pages et alla s'installer avec un soupir de soulagement sur le canapé devant la cheminée, qu'on avait recouvert d'un tissu africain.

En arrivant chez lui, Carter croisa dans l'entrée son beau-frère qui achevait sa visite. Ils hésitèrent à se saluer. Le curé se pencha en avant, un geste que Carter jugea un peu exagéré, on ne savait pas exactement s'il s'agissait d'une courbette onctueuse et ironique ou encore une façon qu'avait l'homme de Dieu de montrer qu'il dominait son hôte d'une bonne dizaine de centimètres. Il avait une coupe en brosse, des tempes grisonnantes, la mâchoire carrée, le nez droit et les épaules larges. Il aurait pu être aumônier aux armées, ou plus simplement encore une brute de la Légion étrangère. Le sourire pourtant n'était pas militaire. Un peu trop sirupeux. Carter savait pourtant que son beau-frère n'avait pas toujours donné dans la douceur. Quand il était jeune, il avait ardemment milité dans des mouvements d'extrême droite intégriste, aux agissements douteux, une forme d'hystérie que Carter jugeait très française et de très mauvais goût. Carter avait passé plus d'un dîner à l'écouter pontifier sur la race celtique et ses mystères, sur Notre Mère l'Église, tandis que Marie hochait la tête avec un sourire béat devant toutes les conneries que pouvait débiter son jeune frère. Puis il se mettait à parler de la guerre, du maréchal Pétain, des Ligues et de l'Action française.

– De la lecture ? demanda l'abbé en désignant le sac en plastique que Carter tenait sous le bras et à travers lequel on distinguait quelques détails de la couverture sans la voir entièrement.

Carter leva les yeux pour scruter le visage de son beau-frère. S'il avait lu ce livre, il aurait dû reconnaître les couleurs et certaines lettres qui perçaient à travers le sac blanc transparent comme un T-shirt mouillé. Carter chercha quelque chose à dire, mais garda finalement le silence et enleva son manteau d'un geste extrêmement lent. Il commençait à se sentir las, et il n'avait pas de temps à perdre en politesses avec cette espèce de salaud qui le détestait de toute manière et qui allait maintenant enquêter sur son passé.

– Marie est dans sa chambre, j'imagine ? demanda Carter, comme s'il s'adressait à la bonne.

Au demeurant, Pierre, frère de Marie et prêtre, ne put maîtriser son haussement de sourcils et un léger mouvement de recul. Carter ne le vit pas, il était occupé à accrocher son manteau à la patère.

– Bonne journée, dit Carter et, avec un sourire intérieur qu'il devait à son impatience vis-à-vis de toutes choses en ce jour, il ajouta : « Mon père. »

Il ne s'était encore jamais autorisé une telle impertinence. Le prêtre passa le seuil de la porte sans ajouter le moindre mot.

Carter avait envie de hurler de rire, de se précipiter dans la chambre de malade de sa femme et de lui crier dans les oreilles : « Tu sais, ton salaud de frère, je n'ai jamais été aussi grossier avec cette ordure qui me méprise sans cesse et qui me fait regretter de t'avoir épousée. »

Au lieu de ça, il cria comme toujours, comme chaque fois qu'il entrait dans cette pièce : « Marie ? Ça va ? » Et une voix faible lui répondit à travers le plafond, comme si elle venait du Ciel, comme si elle était enfin dans l'Au-delà.

– Tu veux quelque chose, Marie ?

– Non, rien, Richard. J'ai eu la visite de mon frère.

– Oui, je sais. Je l'ai croisé à la porte.

– Où étais-tu ?

– J'ai fait des courses. Repose-toi, Marie. Tout va bien.

– Qu'est-ce que tu fais, Richard ?

– Je lis.

Olson, lui, avait fini de lire, et songeait que l'heure n'était plus à la littérature mais aux comptes, aux déductions, aux bilans et aux estimations. Visiblement, il était reconnaissable dans ce petit ouvrage emmerdant puisqu'Oriel ne s'y était pas trompée. D'ailleurs où était-elle ? Il se rendit compte qu'il n'avait aucune confiance en elle et n'aurait pas été surpris si elle était allée le dénoncer à la police. Pour le meurtre du Dr Gordon. Bollington était au courant. Mais qui d'autre aurait pu savoir en même temps tout sur les affaires de ce faux lord de merde ? Et sur le petit vieux et sur McGuire ? On pouvait déduire une chose, l'auteur était de la région, vivait en Dordogne et était anglais. Car seule la région les avait tous réunis et était devenue leur complicité, ces collines couvertes de bois, ces maisons en vieille pierre jaune, les étés brûlants, la pluie incessante du printemps, les hivers qui n'en finissent pas, les fêtes et l'alcool. Tout cela était une des formes anglaises du mensonge, de l'imposture et du crime.

Les droits des animaux… il n'arrivait pas à croire qu'il se soit foutu dans une telle merde pour une connerie pareille. Et Oriel qui n'était toujours pas là. Il décida (mais s'agissait-il vraiment d'une décision ?) qu'à son retour il lui ferait une de ces scènes dont il avait le secret, comme lorsqu'elle n'arrivait pas à arrêter de fumer ou que le tofu ne correspondait pas exactement à ses désirs. En attendant, il fallait voir les autres encore une fois. Il sourit en repensant à une description de Bollington vers le milieu du livre, qui était assez bien vue. Pour le reste, il avait appris des choses. Il savait que Bollington avait fait l'imbécile avec l'IRA sous l'influence de sa femme. Puisque c'était grâce à cela que lui-même, Olson, avait pu s'en sortir après l'affaire Gordon. La bombe avait été fournie par des artificiers de l'IRA basés à Londres, et les liens qui existaient entre divers groupes susceptibles de mener des activités terroristes, ou en tout cas « déstabilisatrices » comme on disait, avaient permis à Olson de sortir d'Angleterre sous une fausse identité, dans ce même yacht de Bollington qui avait servi à acheminer les armes en Irlande.

Il n'avait jamais entendu parler de Carter auparavant, mais après lecture du troisième chapitre, il comprenait mieux cette expression qui était passée dans son regard quand Bollington avait dit que eux, n'avaient pas tué. Le contraire était plus que suggéré et on promettait vers la fin d'apporter dans un ouvrage à paraître les preuves de la culpabilité de Carter dans une affaire d'empoisonnement qui avait eu lieu environ vingt ans auparavant. Au moment où ils s'étaient retrouvés chez Bollington, les autres ne le savaient sans doute pas encore. Il était difficile cependant de songer à quelqu'un qui le connaisse lui, Olson, en même temps que Bollington et Carter et McGuire. Même si finalement ce qu'on reprochait à McGuire dans ce bouquin n'était que des peccadilles. C'était assez drôle d'ailleurs d'imaginer ce grand snob expliquant à sa femme qu'il avait piqué les économies de sa famille avec l'aide d'un avocat véreux.

Alexandra ?

– Oui.

– Tu connais un certain Carter ?

– Ça me dit vaguement quelque chose.

– Le beau-frère de notre curé.

– Ah oui, ça y est.

Alexandra considéra son mari avec une certaine inquiétude. À midi et demi, il paraissait encore sobre et commençait à s'intéresser à des gens parfaitement inintéressants. Elle venait de le croiser en sortant de l'écurie, où elle avait demandé à Albert de desseller son cheval avant de le ramener dans le pré.

– Tu aurais parlé à Carter de… euh… de…

– De quoi ?

– Du passé.

Peut-être était-il saoul après tout.

– Tu pourrais être un peu plus explicite, Michael ?

Il regarda ses pieds, rougit légèrement, puis inspecta ses ongles. Enfin, il marmonna de façon presque inintelligible :

– L'IRA.

Elle le fixa du regard, sans rien dire, comme si elle attendait que la colère ait atteint son paroxysme pour lui donner une claque.

– Michael ?

– Oui ?

– Ne prononce plus jamais ces trois lettres, tu m'as compris ? Devant personne, personne, personne.

Elle sentait que seule la répétition lui ferait comprendre la gravité de la situation.

– J'espère que tu n'es pas allé faire le malin en racontant tout à ça à ce euh… Skinner.

– Carter, rectifia lord Bollington.

– Oui, ou qui que ce soit d'autre. Tu m'entends ?

– Oui, Alexandra, mais je voulais seulement savoir si toi, tu avais parlé à quelqu'un.

Elle fronça les sourcils.

– Je crois qu'il va falloir que tu m'expliques une ou deux choses, Michael. Rentrons.

– Je pourrais prendre un petit whisky. C'est l'heure de l'apéritif.

– Non.

Sue Brimmington-Smythe se tenait devant la fenêtre de la cuisine, la tête rejetée en arrière, une main sur la hanche, et de l'autre, elle lissait ses cheveux noirs. Elle poussa un soupir en regardant la pluie tomber puis, comme si elle se souvenait soudainement d'avoir une tâche à finir, elle se dirigea vers le mur où était accroché un tire-bouchon en forme de poisson. Elle ouvrit le réfrigérateur, hésita entre deux bouteilles de vin blanc et choisit le sylvaner, ayant bu trop de bergerac la veille. Elle avait vendu le bar-restaurant doublé d'une école de peinture qu'elle avait longtemps tenu à Saint-Jory et il lui tardait de voir la fin des travaux dans la nouvelle maison pour reprendre la ronde des invitations frénétiques où tous les Anglais de la région se rencontraient, se parlaient et se saoulaient. L'échantillonnage des invités était impressionnant et dans le monde des expatriés de la Dordogne, fussent-ils exilés à plein temps, à mi-temps ou occasionnellement, Sue Brimmington-Smythe jouait un peu le rôle du *Burke's Peerage*, un bottin mondain vivant, moins exclusif que ce respectable ouvrage, mais chaque déjeuner, chaque dîner, chaque soirée était comme une page qui se lisait dans un total désordre, alphabétique ou autre. L'avancement des travaux entrepris par Joshua avait permis de retrouver un début de vie festive, mais le tas de gravier devant la grange, le toit défoncé de la bergerie et l'absence de carrelage dans l'entrée interdisaient d'inviter certains amis ou connaissances qu'on aurait souhaité revoir.

Elle entendit un bruit de moteur, un crissement de pneus sur le gravier qui ne recouvrait que la moitié de la cour, puis l'inévitable portière qui claque en annonçant en quelque sorte le passage à un autre moment, un autre monde, celui de la visite de politesse. Pendant quelques secondes, tout resta en suspens, on allait savoir sur quel mode la visite allait se jouer, très amicale, très compassée, pénible à souhait, etc.

– Tiens, c'est Richard Carter. Ça faisait longtemps qu'il n'était pas revenu. Tu le connais ?

Elle s'était adressée à Johnny McGuire, assis à la table de la cuisine, ses longues jambes croisées, le buste légèrement en arrière, pianotant de la main droite sur le bras de sa chaise rustique en attendant l'ouverture de la bouteille de sylvaner.

– Pas très bien, je l'ai croisé. Une ou deux fois.

Johnny McGuire se mordit la lèvre inférieure.

Carter avait été assailli par une pensée déplaisante après le départ de son beau-frère. Une pensée tellement évidente pourtant. Que seule Sue Brimmington-Smythe était capable de connaître tant de gens en même temps, et par conséquent, il était parfaitement possible qu'elle fût l'auteur des pages dans lesquelles on se moquait de lui avec une irréprochable cruauté. Il savait qu'elle connaissait Bollington, même si elle ne l'aimait pas, qu'elle était une amie de McGuire et de sa femme, et lui-même s'était débrouillé pour être invité à ses petites sauteries et se rendre charmant ; en revanche, il était difficile de savoir si elle connaissait l'imbécile blond qui travaillait pour Bollington et tuait des scientifiques pour sauver des belettes et des singes.

Oui, sans doute. On se connaissait tous. Et la plupart du temps on n'avait rien à se dire. Alors tout le monde inventait toutes sortes d'histoires intéressantes sur soi-même mais, au bout du compte, on ne savait jamais vraiment à qui on avait affaire. Et tout en débitant ses propres mensonges, ainsi qu'il l'avait fait lui-même tant de fois, on se méfiait en se demandant si la personne qu'on avait en face de soi n'en faisait pas autant finalement. Tous les anciens professeurs, les anciens diplomates, les anciens champions de cricket venaient là, en Dordogne, et sortaient d'un monde où rien n'était vraiment vérifiable, parce que personne ne se donnerait jamais la peine d'aller voir. Ça n'en valait pas le coup. Sauf évidemment, pour cet auteur. Et lui, ils ne le connaissaient pas, lui qui s'amusait à en dire trop sans qu'on comprenne ses intentions.

Carter avait profité de l'arrivée du médecin, un vieux beau à la française avec une petite moustache grise, pour s'esquiver.

Il s'arrêta au milieu de la cour et apprécia à son tour les progrès des travaux, en se demandant ce que ça pouvait coûter et en espérant quand même que ça ne serait pas trop réussi.

Sue Brimmington-Smythe l'accueillit chaleureusement dans l'entrée, tandis qu'il n'arrivait pas à se départir de ses soupçons. Il plaça une plaisanterie qui tomba à plat. Puis, entrant dans la cuisine, il vit Johnny McGuire qui lui adressait un petit salut. Pendant peut-être un quart de seconde, Richard Carter crut qu'il était tombé dans un traquenard. Il accepta un verre de vin, machinalement, même si c'était un peu tôt pour lui.

– Vous connaissez Johnny McGuire ?

– Oui, oui, nous nous euh... sommes... euh croisés.

Ils se serrèrent la main en hochant la tête. McGuire... toujours incapable de faire quoi que ce soit sans ce détachement ironique, presque hautain, on ne savait jamais où on en était avec lui. Mais Carter continuait à le trouver sympathique, ou, pour être exact, à admirer ce qu'il représentait parce qu'il faisait peut-être partie des seuls personnages authentiques de cette clique. Toutefois, la méfiance de Carter augmentait de minute en minute, ne serait-ce que parce qu'il le croisait trop souvent et toujours au mauvais moment.

On s'efforça de parler de tout et de rien et les parties présentes avaient en la matière un solide entraînement. Ça aurait pu durer des semaines. Alors qu'il évoquait un pépiniériste qui vendait des digitales à des prix défiant toute concurrence, Carter se demandait si Sue Brimmington-Smythe et McGuire avaient parlé du livre, et donc de lui, avant son arrivée. L'avait-elle lu au moins, si elle n'en était pas l'auteur ? Au bout d'une vingtaine de minutes de cette comédie stérile, Carter conclut qu'entre la reine et le cavalier il était en quelque sorte échec et mat, et que la meilleure chose à faire était d'attendre que McGuire reparte, s'il ne s'attardait pas trop, et d'échanger quelques paroles avec lui dans la cour. Au reste, il songeait que de la petite association qui s'était formée de fait entre les personnages les plus incriminés du livre, McGuire était non seulement le plus authentique mais aussi sans doute le plus fiable, celui vers lequel il devrait se tourner pour se protéger de Bollington et de son végétarien. Surtout Bollington d'ailleurs, avec ses fusils à pompe qui se mélangeaient assez mal avec son whisky. Évidemment, l'autre, c'était les explosifs... Sue Brimmington-Smythe l'interrompit dans ses pensées en lui demandant des nouvelles de sa femme. « Toujours la même chose », répondit Carter avec un haussement d'épaules et un petit soupir comme pour suggérer qu'il en souffrait lui aussi énormément. McGuire n'avait manifestement pas l'intention de bouger, et Carter savait qu'il ne pourrait pas rester beaucoup plus longtemps. McGuire parlait de ses dettes et de l'état de pauvreté dans lequel il vivait tandis que Sue riait énormément, de ce rire gras des Anglais bien élevés qui parviennent à donner l'illusion devant leurs pairs qu'aucune catastrophe ne saurait être autre chose qu'une vaste plaisanterie. Carter décida de les laisser continuer dans cette veine et finir la bouteille de sylvaner entre eux.

– Écoute-moi, Michael, fit Alexandra Bollington.

Un préambule qu'il trouvait toujours un peu effrayant. La dernière fois qu'elle avait commencé un discours comme ça, c'était pour le convaincre de prêter son yacht à l'IRA. Elle lui avait ensuite expliqué que pendant la Seconde Guerre mondiale, l'IRA avait été l'alliée des Allemands. Ça aussi, ça lui avait plu car comme beaucoup d'Anglais de sa classe, lord Bollington nourrissait deux fantasmes : s'habiller en femme ou en nazi. Mais il sentait bien que les recommandations de son épouse n'auraient rien à voir avec ce genre de choses.

– Tu m'écoutes, Michael ?

– Oui.

– Bien, tu vas contacter ce Carter et tu vas suggérer une réunion. Comme celle qui s'est tenue.

– Oui, Alexandra. Ici ?

– Surtout pas. Tu diras que je ne suis pas au courant, que je reçois, tu inventeras un mensonge. Ou plutôt, non, je l'inventerai pour toi.

– Mais finalement, tu es aussi incriminée que moi.

La justesse de cette remarque la surprit. Elle en resta muette quelques instants. Elle se demanda même s'il ne fallait pas se méfier de son mari. Puis elle passa en revue en un temps record les diverses parades qui s'offraient à elle. Et elle trouva la meilleure.

– Oui, mais le livre ne me mentionne pas. On n'y parle que de toi. D'après ce que tu m'as dit, en tout cas. Il faudra que je le lise.

– Oui, Alexandra.

– Tu contacteras Carter, parce que c'est sûrement le plus intelligent de la bande. Tu comprends ?

Elle ne lui laissa pas le temps de réfléchir à cette dernière proposition ou de se demander si le plus intelligent, ce n'était pas finalement lui-même. Il décida de lui faire confiance.

– Et voilà ce que tu vas dire.

3

– Nous sommes réunis chez notre ami Richard Carter, dit lord Bollington, pour évaluer les risques auxquels nous exposent cet auteur et les livres qu'il écrit sur nous.

Carter releva brusquement la tête et se demanda qui avait pu inspirer à Bollington tant d'éloquence et de clarté dans le propos.

Ce dernier faisait tourner dans sa main un verre vide dont il regardait le fond avec insistance pour dire qu'il n'avait plus de whisky. Carter avait compris, mais plutôt que de répondre à ce message, il préférait le faire attendre.

– Ce n'est qu'un livre, déclara McGuire, il ne faut pas non plus exagérer. D'ailleurs, j'ai bien aimé certains passages.

– Ceux qui te concernent directement, peut-être ? suggéra Olson. Ils ont plu à ta femme aussi ?

– Non, ceux qui te concernent, répondit McGuire avec un sourire en coin.

– Messieurs, messieurs, intervint Carter d'un air profondément agacé. Monsieur Bollington a raison.

– *Lord* Bollington, rectifia l'intéressé.

Ils se tournèrent tous trois vers lui simultanément et le regardèrent en silence. Bollington se gratta la gorge et alla remplir son verre lui-même sans plus attendre.

– Je suis quand même *lord of the manor*, marmonna-t-il quand la carafe en cristal ciselé heurta son verre.

– Est-ce qu'on peut être incriminé à cause d'une œuvre de fiction ? demanda Olson.

– Je ne sais pas, répondit Carter. Le problème c'est que je ne peux demander à personne.

– Vous n'avez pas un avocat qui s'occupe de vos affaires ? fit Bollington d'un air supérieur.

Le visage de Carter se crispa.

– Je peux me resservir ? demanda McGuire.

Carter était désespéré. Il commençait à penser qu'il n'arriverait à rien avec cette bande de snobs limités, ils ne se rendaient même pas compte que tout ce qui restait de leur vie dans cette Dordogne à laquelle ils étaient tous attachés, ne serait-ce que matériellement, devenait irrémédiablement irrécupérable avec de telles publications. Et on leur promettait une suite. Brusquement, son sang se glaça. Il venait d'entendre un craquement dans le plancher. Sa femme s'était réveillée. Par une série de gestes frénétiques, il leur intima l'ordre de se taire. Ils l'observaient sans rien oser dire, comme si leur hôte venait de perdre la raison.

– Pas de bruit, dit-il en se dirigeant vers l'escalier, le dos voûté.

Il désigna le plafond d'un doigt et se mit à monter les marches sur la pointe des pieds. les trois autres se regardèrent en hochant la tête, haussant les sourcils et marquant par diverses autres expressions faciales le mélange de la compréhension et de la sollicitude.

Il entrouvrit la porte de la chambre à coucher. Il faisait noir. Il appela : « Marie, Marie. » Il reçut pour unique réponse une plainte comme si elle faisait un cauchemar.

– Marie ?

Un bruit de drap, un simple froissement de lin imprégné de maladie, puis il referma la porte comme une mère qui s'est assurée que son enfant dort bien. En arrivant dans le salon, il signala que tout allait bien et, l'instant d'après, il se demanda si McGuire, Olson et Bollington n'avaient pas profité de son absence pour se liguer contre lui.

– Quels sont donc les dangers réels ? dit-il pour relancer la conversation après avoir retrouvé son fauteuil.

– Peut-être faudrait-il mettre fin au danger avant d'évaluer son ampleur. Sinon il sera trop tard.

C'était Olson qui avait parlé. McGuire ne disait rien. Carter commençait à changer d'avis sur Olson et à se dire qu'il l'avait peut-être sous-estimé.

– On ne pourrait pas écrire à l'éditeur ? suggéra Bollington. Pour entrer en contact avec l'auteur et trouver son vrai nom.

Au moins, songea Carter, il avait compris que le nom de l'auteur était un pseudonyme.

– Il est vrai qu'il faut avant toute chose *identifier* l'auteur, déclara Carter, faisant preuve à l'égard de Bollington de beaucoup de patience.

– Ça, ce n'est pas tellement difficile, dit McGuire d'un air absent.

Ces dernières paroles jetèrent un froid.

– Je te demande pardon ? fit Olson en détachant chaque syllabe avec une lenteur presque menaçante.

McGuire, qui était occupé, lui aussi, à contempler le fond de son verre vide, releva brusquement la tête et leur lança un regard ingénu, à la manière d'un enfant qui pense avoir fait une bêtise.

– Qu'est-ce que tu veux dire au juste ?

Olson insistait. McGuire s'agita sur son fauteuil. Carter ne l'avait jamais vu aussi mal à l'aise. Bollington écoutait attentivement et observait, mais avec tout ce whisky il avait du mal à se rappeler les instructions d'Alexandra. Une chose était sûre, elle lui avait dit que Carter était le plus intelligent des quatre. Il le regardait donc en hochant la tête. Seulement, à ce moment-là, Carter ne disait rien. Il observait McGuire comme un poisson sorti de l'eau.

– Ce n'est pas difficile de savoir qui est l'auteur ?

Toujours Olson qui ne lâchait pas le morceau. McGuire haussait les épaules, on aurait dit qu'il faisait le modeste.

– Et qui est-ce ?

– Un flic à la retraite.

– En Dordogne ?

– En Dordogne.

– Et il porte un nom ?

– On sait où il habite ?

McGuire se contentait de hocher la tête. Bollington commençait à le trouver exaspérant. En même temps, personne n'osait demander le véritable nom du flic que McGuire pensait avoir identifié comme l'auteur. Comme s'ils craignaient d'en arriver trop vite à une réponse qui les obligerait à prendre des décisions et à passer au stade ultérieur des opérations.

– D'où vient l'information ? demanda Carter en plissant le front, ce qui le rendait encore plus laid.

– Je ne peux pas le révéler.

D'emblée, Carter comprit qu'il s'agissait de Sue Brimmington-Smythe. Ça expliquait la présence de McGuire chez elle lors de sa visite. Et leur façon de parler d'autre chose… à moins évidemment qu'il n'ait inventé cette histoire pour couvrir Sue Brimmington-Smythe elle-même. Ou lui-même. Ou leur complicité. Carter décida qu'il valait mieux ne rien dire et laisser Olson mener le reste de l'interrogatoire. Bollington avait les paupières lourdes. Carter ne pouvait pas en vouloir à McGuire s'il couvrait Sue Brimmington-Smythe. Lui aussi l'aimait bien. Mais la situation restait dangereuse. Il attendait la suite.

– Le nom de Derek Spencer vous dit quelque chose ? demanda McGuire en se tournant délibérément vers Carter.

Ça changeait tout. Mais Carter n'eut même pas le temps de penser. Il répéta ce nom à voix basse, comme une incantation, puis il se mit à trembler en allant se servir un whisky avec des gestes d'alcoolique qui n'a pas eu sa dose depuis vingt-quatre heures.

Et toujours avec ce sourire ironique, McGuire hocha la tête.

Bollington s'était redressé et le regard d'Olson allait de Carter à McGuire. Il attendait des explications.

– Spencer vit en Dordogne ? demanda Carter.

– Oui, répondit McGuire, comme quelqu'un qui vient de remporter une partie de cartes et empoche l'argent.

– Qui est Spencer ? demanda Bollington.

Carter n'osait pas répondre, car il aurait été obligé de rentrer dans les détails du meurtre qu'il avait commis par empoisonnement vingt ans auparavant, et révéler à ses camarades la gravité de la situation dans laquelle le livre le plaçait. Mais si Sue Brimmington-Smythe connaissait Spencer et avait pu le désigner à McGuire, elle devait elle aussi tout savoir. Spencer en Dordogne, il n'arrivait pas à y croire. Et cet esprit malade et sadique écrivait maintenant des livres.

Ça aussi, c'était la Dordogne. On venait s'enfouir au milieu des arbres, au détour d'une route sinueuse, pour finalement toujours tomber sur quelqu'un qui revenait d'Angleterre et du passé. Ça lui rappelait un peu

Cambridge d'ailleurs, où il avait fait ses études. Il retrouvait toujours sur son chemin un camarade d'enfance qui ne l'avait pas suivi à Eton et qui venait lui rappeler, comme la conscience de ses origines, qu'il n'était qu'un tout petit bourgeois aux affectations ridicules. Combien de fois avait-il entendu au cours d'un repas en Dordogne qu'Untel connaissait déjà Unetelle, qu'ils étaient voisins dans le Yorkshire, le Derbyshire, le Kent... Et quand il demandait s'ils étaient venus s'installer en même temps, ensemble, la réponse était toujours la même : Non, ils s'étaient retrouvés là par hasard.

– Si vous permettez, je trouve que ça va un peu vite, tout ça.

C'était Olson qui avait parlé, et Carter se sentit immédiatement soulagé de ne pas avoir à développer sur la relation passée qu'il avait été obligé d'entretenir avec Spencer. Des heures et des heures d'interrogatoire avec ce personnage plutôt suave et hypocrite, suivi par les hurlements de ses collègues. Il avait eu l'impression d'être piégé dans la cloche d'une cathédrale à minuit, avec ces voix qui résonnaient comme des notes entre les murs de béton du commissariat. Un lieu dont il n'aurait pas soupçonné l'existence. Il avait songé à l'Inquisition à plusieurs reprises, dans cette cellule de béton gris. Puis il y avait encore pensé quand il dînait ou déjeunait en compagnie de son beau-frère qui insistait pour garder sa soutane même pendant les repas en famille.

En guise de prière en latin, Carter se répétait dans cette chapelle infernale : « *Habeas corpus, habeas corpus.* » Il savait avec certitude qu'il était impossible de prouver sa culpabilité dans l'empoisonnement de sa victime et il était resté fidèle à sa foi avec une ferveur qui lui avait valu plus tard d'être relaxé. Même si Spencer, plus suave que jamais, lui avait répété au moment de sa libération qu'il restait convaincu de laisser partir un assassin.

Carter se tourna vers Olson, en pensant de surcroît qu'il avait sans doute raison ; ce dernier s'exprimait avec un accent assez vulgaire qu'il ne dissimulait en aucune façon.

– D'abord on nous fait lire un livre qui révèle nos euh…

– Peccadilles ? suggéra Carter.

C'était un mot qu'Olson ne connaissait pas, mais il approuva quand même.

– Puis tout d'un coup, McGuire vient nous dire qu'il sait qui l'a écrit. Ça va trop vite. Et il ne veut même pas nous avouer d'où viennent les informations. Je trouve ça légèrement bizarre pour ma part.

Bollington s'amusa de voir que McGuire paraissait un peu pincé et Carter un peu songeur. Sa femme Alexandra n'avait pas prévu que les événements prendraient cette tournure.

– Vous pensez qu'il va falloir tuer Spencer ? demanda-t-il.

Un silence glacial accueillit cette suggestion. Personne ne savait vraiment si Bollington s'était remis à plaisanter ou s'il y avait dans cette question une part de sincérité.

– Moi je ne tuerai personne, déclara McGuire d'un ton léger.

Carter, toujours agacé, objecta :

– Personne n'a parlé de tuer qui que ce soit.

– Toi, tu feras tout comme nous tous, répondit Olson à l'intention de McGuire. Tu seras forcément de la partie quelle que soit la décision que nous allons prendre, tu m'as compris.

McGuire se tourna vers Carter, mais celui-ci n'osa pas le regarder dans les yeux.

Pendant quelques instants, un silence pesant s'abattit sur l'assemblée et on entendit grincer le vieux plancher. McGuire avait perdu son air amusé et légèrement arrogant, et ce fut lui cette fois qui alla se servir un verre de whisky sans rien dire.

– Personne n'a parlé de tuer Spencer, répéta Carter, presque avec une note de regret dans la voix.

Lorsqu'ils se regardèrent tous à nouveau, ils eurent le sentiment d'être comme des enfants qui seraient allés trop loin dans un jeu pour adultes aux conséquences terrifiantes et maintenant inévitables. Après la peur vint le découragement. Ils savaient que chacun pensait qu'il eût été préférable qu'ils ne se rencontrent jamais, qu'ils n'aient jamais entendu parler de la Dordogne, et ils regrettèrent tous, l'espace d'un instant, et au même moment, de ne pas avoir été de petits employés, de petits commerçants dans une petite ville de province anglaise, et là, ils auraient mené une vie irréprochable : un verre de porto le dimanche, qui leur serait apparu comme une audace, devant la cheminée, avec leur petit chien à leurs pieds, des horaires réguliers et une femme aimante, et ils auraient vieilli paisiblement de grandes vacances en grandes vacances, une fois par an, dans un endroit ennuyeux.

Mais c'était un peu tard pour tout ça.

– J'aimerais savoir comment notre ami McGuire a entendu parler de ce policier à la retraite, disait Olson en revenant à la charge, parlant toujours comme si McGuire n'était pas là.

Carter hésitait encore à dire devant tout le monde que

ça venait de Sue Brimmington-Smythe et se demandait combien de temps on allait tourner en rond.

– Si McGuire ne peut pas le dire… fit-il d'un ton implorant, ce qui lui valut un regard étonné de l'intéressé, et soupçonneux de la part d'Olson. « Évitons les décisions hâtives », ajouta-t-il.

À la surprise générale, ce fut Bollington qui prit la parole.

– Si l'auteur est un flic, il cherche peut-être à nous provoquer en écrivant ces conneries. Il attend peut-être qu'on s'expose pour nous tomber dessus.

Carter songeait à part lui-même qu'il y avait sûrement du vrai là-dedans. D'autant plus que Spencer avait été clairement menaçant vers la fin de l'affaire. Mais pourquoi Spencer persécuterait-il les autres ?

– Même si ce… euh… Spencer me connaît, s'interrogea Carter à haute voix, pourquoi nous connaîtrait-il tous ?

– Parce qu'un flic, même à la retraite, aura accès à tous les dossiers qu'il veut consulter, suggéra Olson.

– Il n'y a pas de dossier sur ce qui me concerne, fit McGuire.

Il regretta immédiatement ce qu'il venait de dire, car il se rendit compte qu'il était en train de se mettre les trois autres à dos.

– C'est toi-même qui nous as révélé que Spencer était l'auteur de ce livre, répondit Olson.

– C'était juste une déduction, d'après des informations que… que quelqu'un m'a données.

– Qui, nom de Dieu ? hurla Olson.

– Moins fort, vous allez réveiller ma femme, dit Carter avec un visage crispé. Sue Brimmington Smythe, ajouta-t-il sur le même ton.

McGuire lui lança un regard de reproche et Carter haussa les épaules.

– On ne pouvait pas faire autrement,

– Elle connaît Spencer ? demanda Bollington. Il va à la messe ?

– Mais non. Elle connaît tout le monde, c'est comme ça.

– Et c'est elle qui t'a dit que Spencer avait écrit le livre ?

– Non.

– Elle a lu le livre ?

– Je ne sais pas, je ne crois pas.

Carter s'en voulait un peu d'avoir initié cet échange entre Olson et McGuire, qui lui rappelait les moments qu'il avait passés avec le Spencer en question, mais on n'avait pas le choix.

– Tu ne crois pas ?

– Tu commences à m'emmerder.

– Ma femme, ma femme, murmura Carter d'une voix hystérique.

– Et si c'était elle qui avait écrit ce livre, tu viens de dire qu'elle connaissait tout le monde.

– Elle ne te connaît pas, toi.

Le sous-entendu social de cette remarque n'échappa à personne, et Bollington éclata de rire. Olson fut d'autant plus vexé qu'il dut reconnaître que l'argument portait.

– Peut-être qu'elle tient ses informations de Spencer et que c'est elle qui écrit.

La contre-attaque était évidemment faible mais elle valait peut-être la peine d'être tentée.

– Et où habite ce flic ? demanda Bollington.

– Vers Saint-Saud, répondit McGuire, comme s'il abdiquait.

On venait d'effectuer encore un grand pas en avant. Et comme personne ne trouvait plus rien à ajouter, Olson décida à nouveau de se réfugier dans la plaisanterie pour se rassurer lui-même et convaincre ses camarades que tout ça n'était pas forcément grave.

– Quand les Chinois commettent un crime, expliqua Olson avec un sourire qui n'avait rien de végétarien, ils plantent tous un couteau dans le corps de la victime. Comme ça, personne ne peut trahir les autres.

– Quel rapport ? demanda Bollington.

– Puisque nous sommes tous dans le même merdier, répondit Olson, on fera comme les Chinois.

Bollington trouvait l'idée d'être comparé à un Chinois absolument irrésistible, il éclata de rire et se mit à développer sur le thème. Il sentait que les autres en avaient marre maintenant de ses traits d'humour. Mais il ne pouvait pas s'empêcher de continuer.

– J'aurais pensé, dit Bollington, que comme toi tu as déjà commis un homicide, tu connais les techniques, les euh… comment dire, et que ça pourrait être toi qui serais chargé de…

– La mise à mort, trancha Carter qui trouvait l'idée excellente mais avait employé une expression un peu forte.

Olson les avait peut-être remis sur le mode de la plaisanterie mais il trouvait que cette fois ils allaient beaucoup trop loin.

– Pas question, répondit-il en serrant les mâchoires.

Il devenait évident que sous cette bonne humeur de collégiens se cachait une vérité : ces salauds étaient prêts à se liguer contre lui parce qu'ils le méprisaient d'un point de vue social et qu'ils auraient bien aimé faire porter le chapeau au prolétaire de service.

– Pas question, répéta-t-il.

Puis il songea que de toute manière ces bourgeois n'étaient pas aussi distingués qu'ils voulaient le faire croire, le livre qui les rassemblait le démontrait parfaitement.

– Pour en revenir à des considérations plus sérieuses, intervint Carter qui, en raison de son âge sans doute, s'était attribué le rôle du professeur. Nous avons conclu qu'il faudrait mettre fin au danger. Et je crois que nous étions définitivement sur la bonne voie. Il me paraît évident que ce personnage, ce Spencer...

McGuire haussa les sourcils en se demandant combien de temps encore il allait employer un ton aussi pompeux. Mais Carter ne se laissait pas démonter, même s'il avait remarqué les mimiques de McGuire.

– Ce personnage mérite une leçon. Nous devrions, tous ensemble...

– Oui, il faut lui faire peur, résuma Olson. Le bousculer un peu.

– Rien de plus, dit Carter, rassurant, en se tournant vers McGuire.

Ce dernier était trop fatigué pour penser. Et il conclut qu'ils avaient peut-être raison après tout.

– La question de la modalité ayant été réglée, il reste à déterminer le moment.

– Quoi ? fit Olson en réponse à la suggestion de Carter.

– Il veut dire : Quand est-ce qu'on va tabasser Spencer ? expliqua McGuire qui, à force de se réconforter avec le whisky de Carter, commençait à parler de façon plus hésitante en avalant la moitié de ses mots.

– Mais d'abord, est-ce qu'on est absolument sûrs que c'est ce fameux Spencer ?

– À part les informations de Sue Tiddlington-Jones, récoltées par...

– Sue Brimmington-Smythe, corrigea McGuire.

– Oui, elle. À part ça, ça pourrait être quelqu'un d'autre.

L'espace d'un instant, Carter songea à son beau-frère. S'il fallait des preuves de sa culpabilité, il en inventerait, ce n'était pas là un problème majeur. Il s'autorisa même un sourire fugace et leva les yeux au plafond au-dessus duquel sa femme entretenait soigneusement sa maladie, comme le précisait l'ouvrage dont ils faisaient ensemble le commentaire depuis quelque temps. Carter ne pouvait pas le savoir, mais au même instant Olson songeait qu'il serait assez drôle de dire à tous ces connards que sa propre femme Oriel, ou pour être plus exact, cette emmerdeuse de Norma avait écrit le livre. Il y renonça très vite car il savait lui-même que c'était impossible.

Ce fut à ce moment-là que Bollington déclara : « Il y a aussi la possibilité que le médecin... euh, le médecin qui soigne aussi votre femme, d'ailleurs, monsieur Carter, soit coupable. »

Ils le regardèrent tous avec un sourire en coin particulièrement déplaisant qui lui indiqua qu'ils savaient que le vieux beau avec sa moustache était devenu l'amant de sa femme, Alexandra. C'était dans le livre. Il l'avait momentanément oublié.

– Il n'y a plus de whisky ? demanda Bollington en guise de conclusion.

Et Carter s'agita quelques instants avant d'expliquer qu'il devait s'éclipser à la cave pour chercher une autre bouteille. Il eut la furtive impression qu'on le considérait une fois de plus avec suspicion. Il ne comprit pas pourquoi, et se dit que c'était sans doute la situation qui voulait ça.

McGuire était affalé sur son fauteuil et regardait le

plafond la bouche ouverte. On eût dit un dormeur aux yeux ouverts.

– Il faudra quand même songer à se revoir avant de décider d'une action précise, observa Olson.

– Où ça ? demanda Carter.

– Chez vous, décida Bollington, qui se rappelait les paroles d'Alexandra en toutes circonstances, et surtout après une demi-bouteille de whisky, comme si sa femme restait toujours la partie active de son cerveau et celle que l'alcool ne pouvait pas atteindre.

4

– Tu as l'air soucieux.
– Tais-toi.
– Mark ?
– Quoi ? Je viens de te dire de te taire.

Il n'avait pas touché au tofu qu'elle avait du reste préparé sans grand amour. Elle allait lui dire qu'elle voulait se séparer de lui, que leurs planètes n'étaient plus parfaitement compatibles par exemple, qu'elle pensait que les ondes, etc., mais elle l'avait trouvé d'humeur massacrante avant même de commencer son discours. Il jouait nerveusement avec sa fourchette, le visage dissimulé par les longs cheveux blonds qui formaient un rideau de chaque côté de son visage. Elle n'osait rien dire. Ce fut lui qui brisa le silence.

– Tu connais une certaine Brimmington-Smythe ?
– De nom. Pourquoi ?
– Tu ne l'as jamais croisée ?
– Je ne sais pas.
– Qui t'en a parlé ?

Elle était tentée de répondre à ses questions par d'autres questions, mais elle sentait que ce n'était pas le moment.

– Je ne sais plus exactement, je…
– Fais un effort.
– Je sais qu'Alexandra Bollington a dû l'évoquer devant moi. Les Bollington la connaissent. Pourquoi

est-ce que tu ne demandes pas à Alexandra Bollington ?

Il releva brusquement la tête et la regarda comme s'il la voyait pour la première fois. C'était plutôt une bonne idée. Il fallait seulement qu'il puisse approcher cette salope de lady Bollington sans que son mari le sache. Pas trop difficile. En revanche, comment pouvait-il l'attirer dans l'affaire sans avoir la moindre idée de ce qu'elle savait et de ce qu'elle ne savait pas ? Même ce gros connard demeuré d'Albert avait droit à plus de considération que lui. Il se leva brusquement et décida d'aller faire quelques pas dans la campagne.

– Mark ? Je voudrais te parler.

– Pas maintenant.

– Alors ?

Alexandra Bollington était assise dans un fauteuil beaucoup trop grand pour elle. Elle était obligée d'étendre les bras pour les reposer sur les accoudoirs, et elle touchait à peine le sol de la pointe des pieds. Elle était chaussée de babies et, avec sa coupe au carré, elle ressemblait à une débutante des années vingt. Le motif floral du fauteuil lui faisait une couronne mais ses paroles et le ton de sa voix ne rappelaient en rien une ingénue.

Assis sur un voltaire beaucoup trop petit pour lui, Bollington lui résuma la soirée passée chez Carter.

– Spencer ? conclut-elle.

Bollington haussa les épaules. Il n'arrivait pas à croire qu'une femme aussi menue, une Irlandaise sortie d'une ferme où on remuait de la tourbe, puisse le terrifier à ce point. Il ne voulait même pas y penser. Il avait envie de boire. Tous les matins, au petit déjeuner, il buvait une pinte de bière. De la blonde. Une bière légère qui le remettait d'aplomb. Il savait bien que c'était l'alcool qui l'affaiblissait, devant la vie, devant l'argent, devant sa femme. Et après ? Il avait au moins l'honnêteté de reconnaître qu'il aimait l'ivresse.

– On le connaît, ce Spencer ? demanda-t-il à sa femme.

– Non.

– Olson avait des doutes.

– Sur quoi ?

– Sur le fait que Spencer soit l'auteur du livre.

– En tout cas, c'est bien Spencer qui a arrêté Carter en Angleterre il y a une vingtaine d'années de ça, il n'y a pas de doute là-dessus.

Bollington haussa les épaules encore une fois.

– Sauf s'il ment, ajouta-t-elle, comme si elle se parlait à elle-même.

– Pourquoi est-ce qu'il mentirait ?

– Je ne sais pas.

Alexandra Bollington décida qu'elle continuerait à réfléchir dans la solitude et de son petit pas sec, elle se dirigea vers la porte qu'elle ouvrit brusquement.

Elle laissa échapper un petit cri et Bollington se leva de son fauteuil. Il était là, la bouche ouverte, les yeux écarquillés, paralysé par la peur. Depuis combien de temps Marmaduke avait-il écouté à la porte ? Impossible à dire. À en juger par sa position, il avait aussi essayé de jeter un coup d'œil par le trou de la serrure. Il n'avait rien pu voir à cause de la petite clef qui s'y trouvait en permanence. Il suait, rougissait, ses lèvres humides tremblant légèrement. Il n'osait pas regarder en direction de son père et son premier geste fut de se blottir dans les bras d'Alexandra Bollington en posant sa joue sur son ventre. Elle lui caressa les cheveux machinalement, d'un air absent, puis elle se tourna vers son mari, comme pour lui dire : « Je sais ce que tu penses, je sais aussi que tu voudrais lui donner une raclée, mais je te l'interdis formellement. » Il avait parfaitement compris. Et il se servit à boire pour signifier qu'il capitulait, mais qu'en échange il s'autorisait ce qui lui avait été interdit précédemment. Un quart de seconde à peine avait suffi à cet échange silencieux.

Alors d'une voix douce, Alexandra Bollington s'adressa à Marmaduke : « Allez, allez, ce n'est pas bien d'écouter aux portes. Va dans ta chambre. » Il répondit par un « oui », très faible, essuya du revers de la main une larme qui s'était formée au coin de l'œil et renifla. Puis il s'éloigna avec une extrême lenteur, toujours cette même lenteur molle et répugnante. C'était peut-être cela qui exaspérait le plus son père. Cette façon d'être, douillette, visqueuse. Il avait bien dû entendre le pas de sa mère s'approchant de la porte, il avait dû comprendre qu'elle allait ouvrir et qu'il allait être pris. Pourtant, il n'avait pas eu la vivacité de se redresser et de faire semblant de passer devant la pièce par hasard. C'était cette incompétence dans la perfidie qui le rendait encore plus insupportable aux yeux de son père. Alexandra Bollington l'avait compris, mais un doute s'insinua dans son esprit. Elle se demanda s'il ne s'agissait pas plutôt d'une ultime forme de perversité. Marmaduke avait peut-être voulu qu'on le surprenne en train de les épier, afin de forcer sa mère à humilier son père par des démonstrations d'autorité. Il avait peut-être souhaité voir ou sentir le regard autoritaire de sa mère interdisant toute réaction à Bollington.

Ils ne lui avaient jamais pardonné ce nom qu'il avait imposé à son fils. Lui, trouvait ça plutôt drôle. Il avait baptisé son enfant dans ce même esprit qui lui avait permis d'appeler ses chiens Hitler et Goebbels. Et puis, après tout, Marmaduke, c'était assez chic, le prénom qu'aurait donné un duc en 1856 ou un général en 1902 à leur fils. Bollington trouvait qu'ils avaient singulièrement manqué d'humour. Alexandra aurait voulu l'appeler Hadrian ou Sebastian, à la rigueur Maximilian. Mais Marmaduke… Il n'avait pas fini de le regretter.

Depuis, quand le fils sortait dans un milieu où on ne le connaissait pas, ce qui lui arrivait de toute manière rarement, il se présentait comme « John » en lançant des regards anxieux, de peur que l'on puisse lire sur son visage qu'il portait le nom impensable de Marmaduke.

Alexandra Bollington l'observa avec une fierté protectrice tandis qu'il remontait les marches du grand escalier et lui lançait un dernier regard en souriant. Et Alexandra Bollington s'émut de voir ses doigts courts et épais qui caressaient la large rampe également en pierre.

Au réveil, McGuire crut, l'espace d'un très bref instant, peut-être le temps de reconnaître la fraîcheur réelle du matin, qu'il avait fait un rêve absurde, dans lequel on l'obligeait à tuer ou au moins à mutiler un inconnu. Puis il se rappela qu'il avait incriminé Sue Brimmington-Smythe auprès d'hommes dangereux.

Vêtu de sa robe de chambre, il sortit dans la cour du château après s'être préparé une tasse de thé. Il était pieds nus dans de vieilles churchs devenues informes avec les années et le peu de soin qu'il leur avait prodigué.

Il tourna la tête vers le pré des chevaux, comme s'il espérait trouver dans ce spectacle une solution. En levant la tête, il aperçut un filet de fumée qui s'échappait de la cheminée. Le feu qu'il avait allumé la veille au soir et qui consumait encore les grosses bûches de chêne qu'il avait empilées dans l'âtre pour se donner un semblant de réconfort.

Le feu… il pouvait par exemple, pour échapper aux trois autres et au crime qu'ils allaient l'obliger à commettre, brûler la baraque, et disparaître. Sa femme toucherait la prime d'assurance, et il pourrait ensuite lui faire savoir qu'il était encore en vie et lui indiquer un endroit où le rejoindre. Ça paraissait délirant. Pas plus toutefois que de tabasser un flic anglais à la retraite en Dordogne. La deuxième solution, c'était de tuer les trois autres. Non, mathématiquement, ce n'était pas avantageux. Il pouvait les dénoncer à la police, les faire surveiller. Ça ne correspondait pas vraiment à son code d'honneur. En même temps, il se demandait si le moment n'était pas venu de s'asseoir dessus.

5

C'était bien Spencer, il n'y avait aucun doute là-dessus. Deux heures d'attente derrière le volant de sa voiture arrêtée avaient donné à Carter la satisfaction de reconnaître son ancien tortionnaire. Il était légèrement plus voûté, un peu dégarni sur les tempes. Mais c'était lui. Spencer. Qui était venu vivre là, juste à côté de chez lui, sans même prendre la peine de se cacher. Son nom était dans l'annuaire. À Saint-Saud. Dans un petit hameau pas très loin du lac. Au moins on savait déjà où on mettrait le corps s'il succombait à une crise cardiaque par exemple. Carter serra le volant, comme s'il tenait le cou de Spencer entre ses mains. Ses phalanges devenaient toutes blanches. Et l'apparition de cette silhouette à la porte d'une ferme rénovée (avec un goût de chiottes de surcroît) lui ôta le moindre doute. Il songea aux paroles qu'il avait échangées avec Bollington, McGuire, Olson, et considéra ces trois personnages avec affection, presque comme des frères. Les trois dernières personnes sur lesquelles il pouvait compter.

L'herbe était rase et d'un vert profond dans le jardin Spencer. Tout était entretenu avec un ordre méticuleux. On sent le petit-bourgeois, songea Carter. Spencer était monté dans sa voiture, une Rover d'un modèle extrêmement sobre, verte, encore une fois. Apparemment, il n'y avait pas de chien. Mais il fallait vérifier quand même. Spencer sortit à nouveau de son véhicule et referma le portail, puis il se tourna vers la voiture de Carter garée à une centaine de mètres en plissant les yeux. Carter démarra et partit en marche arrière à toute allure. Il ne faudrait absolument pas mentionner ce détail devant les autres. Impossible de savoir s'il avait été reconnu, évidemment... mais quand même. Si Spencer écrivait des livres aussi bien documentés, il devait savoir qu'il vivait dans la région et être capable de le reconnaître. Il dirait simplement qu'il était parti en reconnaissance et avait retrouvé Spencer dans une fermette restaurée, relativement isolée. De plain-pied. Il s'agissait probablement d'une ancienne bergerie. Il fallait quitter la route, suivre un chemin de terre sur une centaine de mètres pour atteindre le portail. Il n'y avait que deux fenêtres sur la façade, et Carter n'avait pas le temps d'inspecter le reste de la maison. Surtout, il ne pouvait se départir d'une certaine crainte, car l'homme qui vivait là, même s'il était maintenant vulnérable, était celui qui lui avait infligé les pires peurs, les pires doutes, l'homme qui avait voulu le détruire et y était presque arrivé.

Laura McGuire entra dans sa cuisine, au milieu d'un tourbillon de gosses. Les chiens aboyaient et ajoutaient au brouhaha. Elle avait l'habitude. Mais elle fit semblant de ne pas voir la pile d'assiettes grasses posées sur l'égouttoir de l'évier et la crotte de chien, un peu plus loin, qui avait séché et, à en juger par sa couleur grise malgré l'humidité ambiante, avait dû être déposée à côté de l'armoire en pin quelques jours à peine après son départ.

Elle avait appelé la veille pour dire qu'elle rentrerait plus tôt que prévu. Johnny avait demandé des explications, mais n'en avait reçu aucune. Deux de ses filles étaient maintenant accrochées aux jambes de son pantalon blanc devenu grisâtre, et tendaient le visage pour être embrassées. Les autres enfants, plus âgés, étaient allés bruyamment allumer la télévision et se vautrer sur les canapés qu'ils partageaient avec les chats et les chiens.

Il faisait gris et froid. L'intérieur de la maison, sombre, paraissait plus humide encore que le paysage que Laura McGuire venait de traverser avec les enfants qui se chamaillaient à l'arrière de la voiture. Sur le coin de l'étagère, elle apercevait la carte postale sur laquelle se dressait fièrement, sous le soleil, la demeure anglaise aux immenses chambres qu'elle venait de quitter. Puis elle leva la tête et regarda Johnny McGuire dans les yeux avant de lui sourire et de déposer un baiser sur ses lèvres.

– J'espère que tu ne m'en veux pas trop, dit-il en désignant la cuisine d'un grand geste de la main, j'ai euh… été très occupé.

Elle leva les sourcils, continua de sourire mais avec cette fois un coin de la lèvre plus haut que l'autre.

Elle l'embrassa encore une fois sans rien dire, et il sentit son cœur se serrer là, au milieu de toute sa famille, en songeant aux moments qu'il avait passés avec Carter, Bollington et l'autre, et à la situation absurde et infantile dans laquelle il s'était mise.

– Je boirais bien une tasse de thé, dit-elle. La route depuis Bordeaux était épouvantable. Et les enfants ont vraiment été horribles.

Elle s'assit à la grande table, toujours en pin.

Il aurait dû lui poser des questions sur son séjour en Angleterre, demander des nouvelles de sa belle-mère, mais il n'y arrivait pas. Le monde autour de lui et l'avenir appartenaient entièrement au cauchemar des derniers jours, à ce livre… le livre. Il s'en souvenait à présent. Il était sur la table de chevet, il avait oublié de le ranger et elle ne manquerait pas de s'étonner en voyant qu'il se découvrait tardivement des passions littéraires.

– Tu ne dis pas grand-chose. Tu n'es pas content de me voir ?

Il exprima les protestations d'usage avant de se diriger vers le placard et en sortir une bouteille de whisky neuve.

– Tu bois du whisky à cette heure ? demanda-t-elle en entendant le craquement du bouchon de métal qu'on ouvre pour la première fois.

Il lui tournait le dos tout en se servant une dose généreuse, réfléchissant toujours à ce qu'il fallait dire. Il ne remarqua même pas qu'elle restait silencieuse. Elle l'observait, assise sur sa chaise, entourée de sacs, son vieux Barbour jeté en travers de la table, elle avait encore ce parfum d'ailleurs, de voyage, de fatigue qui flotte autour d'un nouvel arrivant.

– Qu'est-ce qui se passe, Johnny ?

– Hein ?

– Tu m'as l'air préoccupé. Il s'est passé quelque chose pendant mon absence que tu hésites à me dire.

Elle imaginait déjà quelque autre catastrophe financière, un bout du toit soulevé par le vent, un accident de voiture, une lettre d'huissier annonçant qu'on allait saisir la maison. Et elle se sentit légèrement coupable d'avoir passé ces quelques jours dans le confort, le luxe même, en Angleterre, pendant que Johnny devait se démener seul avec leurs ennuis domestiques. Il vint s'asseoir à côté d'elle en expliquant que tout allait bien, but nerveusement une gorgée de whisky et parvint enfin à parler et à sourire à peu près normalement pendant que les bruits habituels de sa famille emplissaient à nouveau les immenses pièces froides jusqu'alors emprisonnées dans un silence pesant. Il s'en rendait compte seulement à cet instant. Pendant l'absence de Laura et des enfants, il avait souffert du silence qui l'entourait. Maintenant c'était autre chose, le silence sur ses activités passées et futures allait le ronger de l'intérieur, comme une maladie secrète.

Bollington était assis au bout de la table en acajou verni de la salle à manger, face à son épouse, Alexandra Bollington. Elle le regardait droit dans les yeux, tout en buvant une gorgée de vin rouge extrêmement cher qu'il était allé acheter à Brantôme. Elle le défiait. Il savait très bien de quoi. D'évoquer sans trembler la visite du médecin cet après-midi même. Pendant qu'il était dans le parc à donner une leçon de tir à Marmaduke, elle couchait avec son amant, le vieux beau avec sa moustache blanche. Il avait d'ailleurs du mal à savoir si c'était la moustache blanche du médecin ou l'infidélité de sa femme qui le dégoûtait le plus. Il jeta un coup d'œil en direction de Marmaduke qui mangeait son civet de sanglier en se barbouillant les lèvres et les joues de sauce brune.

Deux jours auparavant, Bollington avait obligé Marmaduke à achever le sanglier blessé. Les chasseurs l'avaient maintenu à terre et il avait tendu un poignard à son fils en lui expliquant qu'il fallait donner un coup au cœur pour abréger les souffrances de l'animal. Et Bollington avait considéré Marmaduke avec un sourire narquois tandis que celui-ci s'approchait en tremblant, le teint légèrement verdâtre et le souffle court. « Net, sec et propre ! Net, sec et propre ! », criait Bollington, les mains sur les hanches. Le sang avait giclé de partout.

Et maintenant, il était certain que Marmaduke se barbouillait le visage de sauce pour se venger. Il lui lançait des regards perfides par-dessus ses mains grasses couvertes de l'épais liquide brun, et Bollington en était écœuré, perdait l'appétit. Il ne réalisait même pas combien il était fasciné par les petits yeux bruns de son fils qui l'observaient à la dérobée, et il se demanda une fois de plus, sans trouver de réponse, ce qui se passait dans cette tête.

Alexandra le regardait, l'air de le défier : « Ose dire quelque chose, ose lui adresser un reproche ! »

Il repensa à ses infidélités. Il mourait d'envie d'en parler, mais il comprenait que ce n'était pas le moment, qu'il ne fallait pas leur faire ce plaisir. Surtout avec Marmaduke, qui s'essuyait maintenant sur sa chemise blanche déjà crasseuse.

– Délicieux, ce vin, dit Alexandra en levant le verre à hauteur des yeux.

Puis elle s'autorisa un sourire quelque peu narquois. C'était formidable, songeait-elle, comme cet homme, cette brute avinée qui passait sa vie à tuer diverses choses, restait cloué devant elle, là sur sa chaise, à ne pas oser aborder le seul sujet qu'il avait en tête à ce moment précis. Sa partie de jambes en l'air avec ce médecin... Son sourire s'effaça tout d'un coup et elle se redressa.

– Qu'est-ce qu'il y a ? demanda Bollington.

– Rien.

Elle avait répondu tellement sèchement qu'il préféra en rester là.

Michel... le médecin. Michel. Michel, son amant, qui soignait les enfants McGuire et lui racontait sur cette famille des histoires à mourir de rire. Michel qui soignait la femme de Carter. Restait à savoir s'il connaissait

Olson. Mais elle n'avait jamais parlé à Michel de ses années de militantisme actif au sein de l'IRA. En plus, Michel ne parlait pas assez bien l'anglais pour écrire un livre. Quoique les éditeurs eussent à leur disposition des gens qui savaient réécrire. Il aurait été intéressant de savoir si Michel soignait ce flic. Spencer.

– À quoi tu penses, Alexandra ?

– À rien, répondit-elle à nouveau, l'air concentré, les yeux dans le vague et la fourchette à mi-chemin de ses lèvres et de l'assiette.

Bollington haussa les sourcils et tendit le bras vers la carafe pour se servir un autre verre de vin. L'effort l'essouffla.

– Et toi ? demanda-t-elle en retrouvant son sourire narquois.

– À rien, marmonna-t-il en regardant le liquide rouge sang qui emplissait sa coupe.

– Tu l'as revu, Marie. Tu ne devrais pas. C'est un péché.

– Oh, je t'en prie.

Il fut légèrement choqué par cette réponse. Il s'était attendu à quelque chose de plus douceâtre de la part de sa sœur.

– Et Richard qui n'est jamais là, toujours par monts et par vaux, ajouta-t-elle, comme elle venait de se rendre compte qu'elle avait parlé trop sèchement.

– Il ne s'occupe pas bien de toi ?

– Oh si, bien sûr. Mais il fuit cette atmosphère de maladie. Regarde-moi, fit-elle en levant les mains à quelques centimètres au-dessus du drap, en signe d'impuissance.

Son frère songea que si elle avait assez de force pour entretenir cette liaison avec son médecin qu'elle lui confessait toutes les semaines avec une régularité d'horloge, l'atmosphère de maladie devait quand même se dissiper de temps à autre. Il se racla la gorge et joignit les mains, comme pour la prière. Sauf qu'il ne priait pas.

– Il va à l'église ? Il se confesse ?

– Qui ?

– Tu sais très bien, Pierre.

– Le médecin ?

– Oui, Michel.

– Bien sûr que non, Marie.

– Tu ne veux pas rester un peu plus longtemps, Pierre ? Je m'ennuie.

Il s'était levé de sa chaise et tournait en rond dans la pièce. Parfois, il effleurait du bout des doigts un objet qu'elle avait emmené de la maison où ils avaient grandi ensemble et qui ornait à présent sa chambre de malade et de femme adultère. À ces souvenirs se mêlaient des objets étrangers aux couleurs inhabituelles qui l'intriguaient et lui déplaisaient à la fois, un petit pot en Wedgwood d'un bleu écœurant, avec des figurines antiques de profil dans des drapés. C'était hideux, et pourtant il ne parvenait pas à en détacher son regard. Il y avait encore ce tableau avec une église à tour carrée, ce paysage de collines sans arbre où paissaient des moutons et, sur une petite étagère néogothique absurde, des livres reliés en toile, aux titres anglais qu'il ne comprenait pas.

– Reste encore, Pierre, parle-moi un peu, dit-elle en le sortant de la rêverie déplaisante qui s'imposait à lui.

Elle forçait son ton de malade et ça l'agaçait. Il poussa un soupir et retourna s'asseoir sur la chaise paillée au dossier droit et dur.

– Mark ?
– Oui ?
– Il n'y a plus d'argent.
– Comment ça ?
– À la banque, il n'y a plus d'argent.
– Et qu'est-ce que tu veux que j'y fasse ?

La bonne question eût été : « Comment tu le sais ? », parce qu'Oriel aurait été très embarrassée de répondre qu'elle s'était présentée au guichet de la Caisse d'Épargne de Thiviers pour vider le compte et reprendre un train vers l'Angleterre, quand on lui avait signalé que le découvert ne lui permettrait même pas de retirer dix francs.

– Tu ne peux pas en demander à Bollington ? Tu as travaillé pour lui récemment et il ne t'a pas payé. Tu ne le quittes plus. Tu passes ta vie chez lui. Qu'est-ce que tu fais ?

L'autre solution, c'était de rencontrer un homme qui l'emmènerait en Angleterre, ou n'importe où, pourquoi pas en Espagne, à Florence, à Venise, à Acapulco, n'importe où. Mais tu parles, ici, les chances pour que ça arrive…

– Je regarde la télévision.

C'était indéniable. Il ne faisait que ça depuis des jours. Ou alors, il disparaissait complètement. Elle le soupçonnait même de dépenser secrètement l'argent qu'il gagnait. Mais à quoi ? Au jeu ? Ça ne lui ressemblait pas. Quoique, depuis quelque temps, il ne ressemblait plus à lui-même, mais à ce personnage ridicule dans le roman policier qu'elle avait lu. Il n'y avait plus aucun doute là-dessus. Et ça en faisait un homme dangereux. Un assassin, et tout en étant arrivée à cette conclusion, elle comprenait mal ce qui la poussait à le provoquer. C'était plus fort qu'elle. Elle se dirigea vers le téléviseur et appuya sur le bouton pour l'éteindre. Elle était à peine en train de se retourner pour le regarder de face qu'elle sentit une violente chaleur lui envahir la joue droite. Puis elle partit en arrière, le plafond tourna sur lui-même et la télévision tomba à côté d'elle. C'est à ce moment-là seulement qu'elle ressentit la douleur. La bouche grande ouverte, elle poussa un hurlement, qui se transforma assez rapidement en un rugissement de colère. À bout de souffle, elle se demanda s'il allait lui donner des coups de pied à terre. Il resta les bras ballants, à la considérer quelques instants, puis il tourna le dos sans dire un mot et sortit.

6

– Vous dites que la maison est isolée ?

– Totalement. Mais on peut la voir depuis la route.

– J'aurais aimé que notre ami Carter nous consulte avant d'aller rôder chez le coupable présumé, observa Olson.

– Ah, vraiment ? Vous pouvez m'expliquer pourquoi, peut-être ?

– Parce que nous devons agir ensemble, ça me paraît évident, expliqua Olson.

– Plus maintenant.

Tout le monde se tourna vers McGuire qui venait juste de parler et qui s'était obligé à ne pas boire une seule goutte d'alcool depuis le début de la réunion, dans le salon de Carter comme d'habitude.

– Qu'est-ce que ça veut dire, exactement ?

– Que je me retire.

– Tu crois qu'on joue aux cartes, McGuire ? demanda Olson. Tu te retires ?

Puis levant les bras au ciel et agitant les mains comme deux marionnettes hystériques, il répéta : « Il se retire, il se retire, il se retire », tout en accompagnant ses paroles d'une moue qui imitait l'arrogance de McGuire et exprimait sa propre stupéfaction.

– C'est définitif, reprit McGuire d'un ton décidé, afin de couper court aux clowneries.

La veille au soir, il avait reçu le coup de fil de Carter qui le convoquait à une réunion de plus en présence des deux autres. Ils avaient apparemment fait des repérages sur la maison de ce policier à la retraite dont lui, McGuire, leur avait donné le nom, et ils prévoyaient d'établir ce soir-là un plan d'action. Il avait décidé en montant se coucher qu'il n'irait pas jusqu'au bout. Par une sorte de euh... sens de l'honneur peut-être, il se rendrait à cette réunion et leur expliquerait en face les raisons de son refus. Avant, il devait parler à Laura qui était encore en train de lire une histoire aux deux petits. Il attendait en déboutonnant sa chemise, assis sur le lit, sans même ressentir le froid. Elle entra quelques instants plus tard, se dirigea vers le lit et se glissa sous la couette tout habillée avant de se mettre en pyjama une fois au chaud, au prix de nombreuses contorsions.

– Laura, il faut que je te parle.

– Maintenant ?

– Oui, maintenant.

– Ce n'est pas grave ?

– Je ne sais pas encore, ça dépendra.

– De quoi ?

– De toi, à vrai dire.

Elle haussa les sourcils, se releva et alla s'installer dans le vieux fauteuil défoncé puis, en se frottant les épaules après avoir croisé les bras, elle déclara :

– Je t'écoute, Johnny.

– Eh bien, voilà, j'ai une confession à faire. Tu sais que je t'aime et que...

Il n'avait pas l'habitude de ce genre de déclaration, et cette nouvelle situation le mettait au moins aussi mal à l'aise que les aveux qu'il avait à livrer.

– Ne me dis pas que tu as rencontré une femme et que tu vas partir avec elle.

– Bien sûr que non, fit-il en relevant la tête.

Il était même tenté de rire.

– Pourquoi est-ce que tu me dis ça ?

– Je ne sais pas, tu me parles de confession, que tu m'aimes, etc. C'est en général comme ça que commencent les aveux d'adultère.

– Ça n'a rien à voir. C'est un problème d'argent.

– Rien de nouveau donc.

Il pencha la tête de côté avec une expression dubitative.

– Tu sais, l'argent qui avait été déposé sur un compte à part en fidéicommis, que tu devais toucher dans quatre ans et qui nous permet de tenir jusque-là dans cette pauvreté parce qu'à ce moment-là, on sera riches.

– Hmm.

– Il y a quelques années, j'ai réussi à mettre la main sur cet argent, et à faire de mauvais placements avec l'aide d'un avocat véreux. Tu comprends ? Cet argent n'existe plus. Nous ne sortirons plus jamais de cette pauvreté. C'est entièrement de ma faute. Je t'ai volé, je t'ai menti, à toi et à ta famille. Voilà, la suite dépend de toi.

– C'est tout ?

– Ça ne te suffit pas ?

Elle haussa les épaules et le regarda avec un air attendri.

– Mon pauvre Johnny, ça fait longtemps que je le sais.

– Quoi ?

– Mais tout ça. J'en ai même reparlé avec ma mère en Angleterre. Et son amant. Il voulait intenter une action en justice.

– Contre moi ?

– En partie et contre l'avocat véreux, comme tu dis.

– Il ne manque pas de culot quand même. Il n'est que l'amant de ta mère, il n'est même pas de la famille…

– De toute manière, j'ai plaidé ta cause, et je n'ai pas eu beaucoup de mal, maman m'a aidée.

Johnny McGuire voyait soudain sa belle-mère sous un nouveau jour.

– Elle a pris ma défense ?

– C'était pour papa. C'est papa qui a découvert que tu avais mis la main sur l'argent que me destinait l'oncle Bertie. Il t'aurait tué. Seulement l'avocat véreux comme tu l'appelles, Williams, était le cousin de papa. Et pour l'honneur de la famille, papa a voulu que tout le monde la boucle.

Tout en parlant d'un ton légèrement ennuyé, comme quelqu'un qui répète la même histoire pour la dixième fois, elle inspectait ses ongles et ne voyait pas le visage de son mari qui la considérait bouche bée. Partagé entre le bonheur de savoir que ça se terminait plutôt bien et l'humiliation d'avoir été l'idiot de l'affaire sur tous les plans et aux yeux de tous, sa belle-famille, sa femme, ceux auprès desquels il avait investi son argent et Williams, le cousin Williams, comme il venait de l'apprendre.

– Je ne tuerai personne, reprit McGuire. Ce n'est pas difficile à comprendre. Vous êtes devenus fous. On ne tue pas un type parce qu'il a écrit un roman, même si ce qu'il raconte est vrai.

– Si vous permettez, euh… Johnny, suggéra Carter sur le ton de l'homme d'expérience qui fait preuve d'amitié envers un imbécile auquel il va prodiguer des conseils, vous ne connaissez pas l'homme en question.

Nous savons maintenant que... j'ai eu l'occasion de euh...

– Je ne tuerai personne.

Il hésita à dire que pour lui de toute manière c'était devenu inutile, mais il songea qu'une telle déclaration risquait de le mettre en danger. Et même Carter était visiblement passé dans l'autre camp. Définitivement. Il ne pouvait plus compter sur lui.

– D'abord, personne n'a parlé de tuer, précisa Bollington. On va seulement l'intimider.

– Voilà ! s'exclama Carter, qui savait parfaitement que rien ne pourrait jamais intimider Spencer. Voilà, répéta-t-il, nous voulons seulement lui donner une leçon, le bousculer un peu, lui faire passer l'envie de continuer, songez que cet homme nous a observés, a violé notre intimité, et se sert de nous sans aucune raison valable. Ce salaud, il... il...

Carter s'emportait, il était devenu tout rouge, il avait la mâchoire crispée, mais une quinte de toux l'empêcha d'achever sa diatribe.

– Johnny, déclara Olson d'une voix froide, métallique, plutôt grave qui ne lui ressemblait pas. Tu as une famille, des enfants. Ils sont de retour, d'après ce que j'ai compris...

– Qui te l'a dit ?

– Ne t'inquiète pas de ça.

– Qui te l'a dit, salopard ? cria McGuire qui serrait les poings. De toute manière, tu laisses ma famille hors de ça, ajouta-t-il en pointant un doigt vers Olson. Sinon, c'est toi que je tue.

– Allons, allons, s'interposa Carter. Soyons raisonnables.

– Je ne serai pas raisonnable ! hurla Olson.

– Richard ? Qu'est-ce qui se passe ? Tout va bien, Richard ?

– Vous avez réveillé ma femme ! Imbéciles ! siffla Carter entre ses dents. Ce n'est rien, chérie, dit-il à haute voix. Ce n'est rien. Nous jouons aux cartes, et deux de nos amis ont un petit différend. Dors maintenant.

– Excusez-moi, dit McGuire, un peu décontenancé par cette voix chevrotante descendue du ciel.

– Il faut que j'aille voir, s'excusa Carter.

Puis sans attendre de réponse, il recommença son manège et, légèrement penché en avant, comme un bossu, il monta les escaliers sur la pointe des pieds bien qu'il fût trop tard.

McGuire et Olson évitaient de se regarder. Le premier faisait des efforts pour ne pas boire, afin de garder son calme et réfléchir à la meilleure façon de se sortir de cette situation. C'était trop à la fois. Bollington fronçait les sourcils en se demandant ce qu'aurait dit Alexandra, sentant malgré tout que ça tournait mal. Il savait une chose : Il fallait s'en remettre à Olson. Ça lui faisait en plus un drôle d'effet de placer sa confiance en son domestique pour le sortir de la merde. Il ne songea pas un seul instant qu'il n'avait jamais rien fait d'autre au cours de toute son existence.

Carter redescendit enfin. Olson n'avait pas chômé et en était arrivé à la conclusion que s'il ne coinçait pas McGuire ce soir même, il laissait un traître dangereux derrière lui. Il avait la possibilité de le flinguer après Spencer, voire avant Spencer. Mais il était préférable de limiter la casse et le coincer par le chantage.

– C'est pour ce soir, dit-il.

– Qu'est-ce qui est pour ce soir ?

– Spencer. On y va ce soir.

– T'es pas devenu dingue ? fit Bollington pendant

que les deux autres regardaient Olson d'un air consterné.

– Mais on n'a rien préparé. Un ancien flic... euh... il doit être armé. On n'a pas de plan.

– On n'a pas besoin de plan. On sait où il habite. On est quatre, on frappe à la porte. On lui fait le coup de la panne. Un accident. Il y a un blessé, on peut téléphoner.

– Ah oui, c'était dans un film à la télé l'autre jour, fit Bollington. Je l'ai vu. C'était génial.

– Et s'il a vu le même film ?

Olson haussa les épaules.

– Et s'il reçoit des amis ?

– À une heure et demie du matin, les amis seront partis. D'ailleurs, quelle heure est-il ?

Personne n'osait répondre. Olson se tourna vers un carillon plutôt ridicule accroché au mur.

– Minuit moins le quart, fit-il, au cas où ses camarades ne sauraient pas lire l'heure. Il faut compter trente-cinq minutes en voiture pour y arriver, en roulant à une vitesse raisonnable. Carter nous a dit que la maison était isolée.

– Et on le tue avec quoi ? demanda Bollington en pouffant.

– J'ai un fusil dans la voiture, déclara Olson pour lui donner la réplique.

– Quelle marque ? Bollington était soudain intéressé.

– Manufrance, tout simple. Un vieux truc. Semi-automatique, quatre coups. Chevrotine ou balles. C'est comme on veut.

– Pas mal.

– C'est pas grand-chose. Puisque toi, tu ne voyages jamais sans ton fusil de chasse à l'éléphant. Un coup avec ça dans la tronche, on ne reconnaîtrait même pas le cadavre. Faudrait l'identifier grâce à sa montre, mais j'avais l'intention de la lui piquer.

Bollington et Olson éclatèrent de rire. McGuire crut un instant que ses poumons allaient éclater. L'impression qu'un tournevis lui traversait la tête d'une tempe à l'autre. Il lança un regard de côté en direction de Carter, espérant contre toute logique qu'il trouverait là un allié. Carter regardait ses chaussures en souriant. McGuire avait du mal à croire qu'il partageait l'humour d'Olson et de Bollington. Pourtant, Carter imaginait Spencer transformé en une bouillie de chair et de sang, devant sa porte, au milieu de ses rosiers et de son petit chemin en gravier. C'était cela qui avait provoqué son sourire sans joie. McGuire ne pouvait évidemment pas le savoir, mais la conviction s'imposait à lui que Carter était perdu pour sa cause. Trois hommes devenus fous, comme des chiens de chasse qui viennent de sentir l'animal blessé qui perd son sang. Il avait environ une demi-heure pour leur échapper, et il savait déjà que c'était impossible. Comme il n'avait plus rien à perdre et que le lendemain matin il se réveillerait dans la peau d'un criminel, il décida qu'il pouvait s'offrir un whisky aux frais de Carter.

Olson et Bollington discutaient encore des aspects techniques de l'attaque, évoquaient la possibilité de blesser Spencer avec un couteau de chasse. Ils n'en avaient pas sur eux, et il était inutile de demander à Carter s'il possédait un tel instrument.

Olson s'interrompit pour suivre les mouvements de McGuire qui s'approchait du bar et qui marmonnait machinalement à l'intention de Carter :

– Vous permettez ?

– Ce n'est pas le moment de se saouler la gueule.

Juste un peu pour avoir du courage quand on en manque, mais pas plus, hein ?

McGuire ne répondit pas. Il vida son verre et se resservit.

– Tu entends ce que je te dis ?

– Va te faire foutre.

– Du calme, bon sang, fit Carter. Ce n'est pas non plus le moment de s'engueuler.

– Encore combien de temps ? demanda Bollington, qui se sentait à son tour gagné par la nervosité.

Olson regarda le carillon, McGuire regarda Olson et Carter regardait ses pieds, ses mains ou ses genoux, penché en avant sur le bord de son fauteuil, la tête pleine des morts nombreuses et diverses de l'homme qui l'avait transformé en une masse indistincte de peur, de méfiance, d'angoisse, en un animal humilié, qui avait mutilé son orgueil, avait fait de lui, quand il y pensait bien, avec lucidité, un petit vieux avant l'âge. Il en voulait aussi à sa femme pour ça, mais c'était une autre histoire. Spencer pouvait aussi payer pour elle d'ailleurs. Et son sourire s'élargit.

– Je vais juste prendre un whisky, moi aussi, dit timidement Bollington en se tournant d'un air inquiet vers Olson.

Celui-ci lui adressa un sourire bienveillant et patient à la fois. Bollington hocha la tête et alla se servir. Personne ne disait plus rien. On entendait parfois les craquements du plafond quand Marie Carter s'agitait dans son sommeil. McGuire en était maintenant au stade qui succède à l'angoisse, une sorte de résignation pesante. Ce n'était plus la perspective de tabasser un homme qui l'oppressait, mais l'idée d'être pris un jour et jugé. Une idée encore vague et indistincte, pourtant. Le monde n'existait plus que dans les limites de cette pièce au décor surchargé, et le temps s'arrêtait pour ne plus être que les vingt minutes qui les séparaient encore du départ. McGuire avait dit à sa femme qu'il rentrerait tard, qu'il allait boire quelques verres avec des amis, il aurait presque pu rire en regardant les trois autres et en songeant qu'il les avait décrits ainsi.

Même Olson qui affectait la décontraction et continuait à se conduire comme le chien dominant dans une meute commençait à ressentir une certaine impatience. Il jeta un coup d'œil vers Carter, qui restait prostré dans une immobilité presque inquiétante. McGuire suivait les contours de son verre avec son doigt, traçant des dizaines de cercles. C'était à devenir fou. Bollington portait pour la quatrième fois à ses lèvres un verre vide, afin d'en boire une dernière goutte disparue depuis longtemps.

– Bon allez, ça suffit, fit Olson. On va y aller.

Bollington et McGuire relevèrent la tête sans rien dire. Carter se leva avec une extrême lenteur.

– Mais… et les invités ? demanda Bollington. Il n'est même pas encore l'heure.

– Quels invités ?

– Ceux de Spencer.

– On ne sait pas s'il a des invités. On verra bien. S'il a de la compagnie, on repassera plus tard. Il faut bouger maintenant, de toute façon.

– Et pourquoi ? fit McGuire avec un sourire ironique. Tu commences à craquer ? Tu as peur d'avoir à attendre encore et de laisser tomber ?

– Je viens d'avoir une idée, McGuire, répondit Olson avec un sourire assez semblable à celui qui éclairait à demi le visage de son interlocuteur. C'est toi qui vas aller frapper chez Spencer pour lui dire que la voiture vient d'avoir un accident et que tu as besoin d'appeler. Qu'est-ce que tu en penses ? Avec ton accent distingué, il se méfiera moins.

– C'est vrai qu'avec ton accent j'aurais dû me méfier de toi depuis longtemps, répliqua McGuire.

Bollington éclata de rire et se rendit compte immédiatement qu'il avait commis une erreur. Mais Olson se contenta de pousser un soupir et de se rappeler que le moment était à l'action.

– On prend quelle voiture ? demanda Bollington.

– Tu es venu dans ta nouvelle Land Rover ? fit Olson.

– Euh… oui.

– Alors on prend la tienne. Quatre types dans un gros machin comme ça, ça paraît plus normal que dans une voiture habituelle.

– Ah bon, tu crois ?

– Oui.

– Pourquoi ?

– Je ne sais pas, c'est comme ça. On aura l'air de revenir d'un repas de chasse.

7

C'était vrai que ça ressemblait à un film. Bollington conduisait. McGuire était assis devant à côté de lui. Peut-être parce qu'on ne lui faisait toujours pas confiance et qu'on voulait surveiller sa nuque. D'ailleurs c'était Olson qui avait pris place derrière lui. Carter était tourné vers la fenêtre avec une intensité dans le regard et une concentration qu'on ne lui connaissait pas. La lumière blanche des phares conférait à la nuit une douceur oppressante. La Land Rover empestait le chien, le cheval, la sueur, et même le gibier mort, le sang d'un sanglier, d'un chevreuil. Toutes ces odeurs avaient dû s'imprégner dans les fauteuils et les plaids qui gisaient çà et là à l'arrière.

McGuire était en train de songer qu'il n'avait jamais vu l'homme qu'il partait tabasser. Olson non plus du reste. Seulement de loin quand il était allé observer la maison et repérer les lieux. Il ne connaissait même pas le son de sa voix. Peut-être y avait-il dans les bribes de paysage que révélait la lumière des phares une explication aux actes qu'ils n'avaient pas encore commis mais qui les rassemblaient sur cette route, la nuit. McGuire n'arrivait toujours pas à se représenter comme une réalité les bruits de coups, le sang, les cris de douleur de la victime. Pour la première fois de sa vie, McGuire se surprit à philosopher. Il se demanda si toute son existence n'avait pas été à l'image de ce moment, un enchaînement d'actions qu'on décidait pour lui plus ou moins directement, auquel il obéissait, même quand il avait l'illusion de pouvoir refuser. Des actes qu'il commettait contre sa volonté et contre toute logique, même quand ce n'était plus nécessaire. Il se demanda s'il était lâche. Il regarda ses compagnons. Bollington était un imbécile dangereux ; était-ce là une forme de courage ? Peut-être. Olson était une brute, un salaud et, là encore, il avait sans doute une réponse à sa question. Quant à Carter, l'œil fixe, la mâchoire crispée, immobile, il ne disait toujours rien. Il avait perdu ses allures de vieillard, son air chétif et plaintif. On avait pu croire un temps que la maladie de sa femme avait déteint sur lui mais il retrouvait visiblement une nouvelle jeunesse. Son visage paraissait maintenant sec et sa laideur devenait effrayante, avec ses cheveux blancs hirsutes qui lui donnaient des allures de tortionnaire fatigué. McGuire se demanda si ce n'était pas lui, Carter, qui était finalement le plus fou de tous.

Il reconnaissait parfois un détail du paysage, un porche, le coin d'une maison, un embranchement, ou encore un arbre qui lui avaient servi de points de repère dans le passé, sans même qu'il en ait été conscient. Il avait l'impression que le but même de ce voyage avait fait éclater toute la campagne en un désordre de détails devenus insignifiants, perdus dans une lumière blanche qui les rattachait à un autre monde, sans vie.

– Les phares.

Tout d'un coup, l'obscurité fut complète. Bollington avait arrêté le moteur et, grâce à son élan, la Land Rover partit en roue libre dans le chemin de terre qui menait à la maison de Spencer.

Le fusil de Bollington était caché sous une de ces grandes couvertures en laine, à carreaux, qu'on étale dans l'herbe pour un pique-nique.

– McGuire..., murmura Olson.

Sans bruit, comme s'il avait porté l'uniforme du LRDG, Johnny McGuire ouvrit la portière, descendit et sentit la terre s'enfoncer sous ses pieds.

Il apercevait la tache rouge et carrée d'un rideau derrière une fenêtre éclairée de l'intérieur. Il avançait lentement vers cette lumière, devinant sans la voir que la porte d'entrée serait juste à côté. Avant de frapper, il fallait écouter. Les contours de la maison se détachaient plus distinctement à chaque pas. De même que le jardin soigné, propre, et on imaginait les efforts que Spencer y consacrait jour après jour.

McGuire s'accroupit pour approcher de la fenêtre. L'herbe était épaisse, grasse, comme un matelas. Il se releva lentement et distingua la silhouette noire d'un homme à sa table. Un feu brûlait dans la cheminée, on entendait quelques notes de jazz qui sortaient d'une chaîne hi-fi un peu démodée.

Il était encore possible de gueuler pour mettre en garde cet homme perdu dans son confort et sa solitude, ou de le rejoindre et de tenir un siège contre les trois autres, appeler la police, se mettre sous leur protection.

Spencer était légèrement penché en avant et McGuire perçut un cliquetis de plastique. L'homme se tenait les coudes collés au corps. McGuire se rendit compte qu'il était occupé à taper à la machine en se servant d'un vieil engin électrique.

Tout d'un coup, McGuire éprouva un profond mépris pour cet homme occupé au fond de sa maison à raconter les secrets de tout le monde. Un mouchard. Un délateur. Un homme qui ne l'avait jamais rencontré et qui aurait volontiers détruit son couple, sa famille, pour le plaisir d'être là comme un rat dans son trou à raconter ses histoires et à faire de l'argent avec la vie et la mort des autres. La chaleur de cet intérieur ne l'émouvait plus. Il eut un sentiment qu'il n'aurait pas soupçonné, une soudaine sympathie pour Carter, Olson et Bollington. Il n'éprouvait toujours pas la même colère qu'eux, il risquait moins. Mais il songea en voyant l'activité frénétique de cet inconnu que s'il se faisait tabasser par les trois autres pour avoir révélé leurs pires secrets, il n'aurait que ce qu'il méritait.

Il frappa violemment à la porte.

– Je te sens nerveuse.

– Ce n'est rien. Je suis, euh… un peu fatiguée.

Michel Beynac était torse nu, dans un fauteuil à fleurs, au milieu de la chambre d'Alexandra Bollington.

Elle se tenait debout et regardait la nuit à travers la fenêtre. Elle se répétait mentalement les dernières recommandations qu'elle avait faites à son mari avant le départ. Surtout ne pas être le seul à frapper. Ne pas porter le coup fatal. Et s'assurer que McGuire ne repartirait pas seul. Il fallait qu'ils restent tous les quatre ensemble. Qu'ils rentrent sans se séparer. Ce qu'il lui avait raconté de McGuire ne la rassurait pas. Quant à Carter, impossible de savoir où on en était avec lui.

– À quoi tu penses ? demanda Beynac.

– Oh, à rien…

Elle chercha longtemps quelque chose à dire, au moins deux ou trois secondes puis, ne trouvant pas, elle ajouta machinalement :

– À notre relation, euh… je t'aime.

C'était un peu plat, mais avec ça elle aurait la paix deux minutes pour réfléchir. Ce fut à ce moment-là qu'elle se rappela que son amant soignait la femme de Carter.

– Tu soignes une Française mariée à un Anglais, je

crois, dit-elle sur un ton qui n'avait plus rien de sentimental.

– Pourquoi tu me poses cette question ?

– J'ai croisé Carter à un dîner. Je me demandais si tu le connaissais. Quel genre d'homme c'est.

– Un petit vieux sans intérêt, répondit Beynac avec un haussement d'épaules, conscient que cette question qui survenait comme ça, mine de rien, n'était pas tout à fait normale.

– De quoi souffre sa femme ?

– D'être mariée à lui, sans doute. C'est une grande hypocondriaque.

– Ah bon ? Et pourquoi tu continues à la soigner ?

– Parce qu'elle m'appelle et que c'est comme ça que je gagne de l'argent. Mais, je ne comprends pas…

– Ce n'est pas grave.

Elle se tourna lentement vers lui, et ce fut elle cette fois qui déclara avec un sourire ironique :

– Je te sens nerveux.

Spencer prit la première décharge en plein visage. Le corps avait été projeté en arrière, laissant la place à Bollington, Olson et Carter pour s'engouffrer dans la maison. Il était déjà méconnaissable. Bollington vida le deuxième canon du fusil de chasse dans sa poitrine. Le sang avait giclé de partout, des lambeaux de chair s'étaient éparpillés dans la maison et McGuire vomissait au coin de la pièce.

Ils avaient l'impression de produire un vacarme épouvantable, comme si le grondement des deux détonations continuait entre ces murs, résonnait sans cesse et revenait, tel le bruit de la mer sur un rivage invisible. Ils marchaient d'un pas lourd, et parfois s'arrêtaient pour lire dans les détails de cet intérieur ce qu'avait été la vie de cet homme. Sur les murs étaient encadrées des planches sans doute arrachées à des encyclopédies victoriennes, avec des oiseaux, des plantes, des papillons, le plus souvent à l'aquarelle, alignés avec régularité sur le papier. Des livres bien sûr, sur des étagères en pin, et quelques éditions précieuses dans une bibliothèque ancienne. Un seul gros fauteuil devant la cheminée où brûlait un feu. Spencer était peut-être veuf. Mais il n'y avait pas de photos d'enfants ou d'une épouse disparue sur le bureau devant lequel il était installé à peine quelques minutes auparavant, à jouir de tout ce confort et de toute cette solitude. Il y avait aussi sur une étagère, parmi les bibelots, un modèle réduit de cottage anglais, peint à la main, en porcelaine, assez mièvre.

Ils regardaient le plafond et les ombres que renvoyaient les flammes de la cheminée entre les poutres. Ils n'osaient pas parler, leurs voix leur paraissaient plus rauques que d'habitude, ils étaient comme des particules de violence dans un corps sain et éprouvaient en échangeant des regards un sentiment de puissance auquel se mêlaient la peur et l'incrédulité devant le spectacle du cadavre, la tête à moitié arrachée par le plomb, affalé en une pose grotesque sur un tapis persan aux teintes rouges que le sang assombrissait encore.

– L'essence ! cria Olson.

Bollington ressortit pour aller prendre le bidon qui était resté près de la porte.

Carter, qui avait retrouvé ses esprits, craignit un moment qu'il ne s'enfuie dans la Land Rover. Trente secondes plus tard, il était en train d'asperger le vieux plancher.

– On est en train de laisser des traces de partout, c'est n'importe quoi, dit McGuire qui, ayant disposé d'un quart d'heure environ pour s'accommoder de l'horreur, retrouvait un semblant de sens pratique.

– Arrête de pleurnicher, tu nous agaces, répondit Olson.

C'était d'autant plus vrai que McGuire avait raison.

– C'est pour ça qu'on brûle la maison, expliqua Carter, que la satisfaction de voir Spencer mort et défiguré rassurait totalement.

– Si vous vous imaginez que ça va suffire avec les moyens dont dispose la police aujourd'hui.

Puis, avec un haussement d'épaules, il s'approcha de la table où il avait vu Spencer travailler sur sa machine à écrire.

Olson vint l'y rejoindre et regarda par-dessus son épaule d'un air dédaigneux.

– Et en plus, il écrivait des poèmes ce con-là.

8

Il rentrait à deux heures et demie du matin, parfaitement sobre. Oriel était allongée dans le lit, sous le drap indien, les yeux ouverts et dans le noir, à recréer les contours des objets de cette chambre qu'elle en était venue à haïr.

Il ne montait pas immédiatement se coucher, elle ne comprenait pas. Il était entré dans la salle de bains, avait fait couler l'eau du robinet, elle s'en rendait compte au sifflement aigu que produisait la robinetterie et, au bout de quelques secondes, il était reparti dans la cuisine, avait mis des bûches dans le four à bois, puis il était monté, sans tituber, sans se cogner aux meubles et sans renverser les pyramides de cristaux ou les plateaux d'encens.

Le lendemain, il avait dormi jusqu'à onze heures.

– Où t'étais ?

– Chez des amis.

– Ça ne te ressemble pas.

– J'avais envie de voir du monde, de sortir un peu. Comment te sens-tu ?

– Faible.

Évidemment, elle n'avait que ce mot-là à la bouche, qu'elle prononçait comme une mauvaise actrice, en chevrotant légèrement. Faible. On aurait dit le dernier bêlement d'un mouton qu'on mène à l'abattoir.

– Quelle heure est-il ? demanda-t-elle.

– Je ne sais pas.

Il était exactement deux heures trente-trois du matin. Il le voyait au réveil posé sur la table de nuit, avec ses chiffres romains fluorescents.

– Enfin, j'espère que tu as passé une bonne soirée avec tes amis, dit-elle en lissant le drap du plat de la main et en inclinant légèrement la tête sur le côté.

– Une très bonne soirée, une excellente soirée, dit-il avec énergie, en criant presque. Il y avait longtemps que je n'avais pas eu une telle soirée, fit-il avec un sourire qui la troubla, puis il se leva et quitta la pièce à grands pas, la laissant abasourdie.

Ils avaient été obligés de repartir ensemble dans la Land Rover pour récupérer leurs voitures avant de rentrer chacun chez soi. Trois bruits de moteurs. Personne n'avait vraiment eu envie de s'attarder chez Carter pour un dernier verre. Le retour s'était d'ailleurs fait en silence. Ils avaient vu au bout de quelques kilomètres les flammes qui s'élevaient derrière les arbres, emportant le corps, les poèmes et les romans de Spencer. L'explosion de la chaudière à gaz avait réveillé les voisins. Les pompiers avaient mis un temps fou à arriver. Le plus jeune s'était trouvé mal quand on avait retrouvé les restes de la victime éparpillés par l'explosion. C'était Olson qui s'était occupé de ça. Une de ses spécialités.

La maison dormait. McGuire, lui, avait eu du mal à trouver le sommeil. Il s'était pourtant saoulé dans sa cuisine et avait dans son ivresse le sentiment de trouver une nouvelle lucidité. Du moins avec les premiers verres. Il savait que quand Olson et Bollington échangeaient ces plaisanteries entre eux – essentiellement dans le but de le mettre mal à l'aise, de lui faire peur, et avec succès d'ailleurs –, ils pensaient tout ce qu'ils disaient. Leurs rires, ces airs de gros garçons un peu brutaux leur avaient tout simplement permis de dissimuler à moitié leurs véritables intentions. Et lui, McGuire, avait été à peine surpris quand il avait entendu les pas de Bollington qui courait dans son dos, suivis de l'explosion dans son oreille, qui l'avait assourdi pendant de longues minutes. Pendant tout le temps qu'il vomissait chez Spencer. Il s'en voulait d'ailleurs de s'être ainsi donné en spectacle. Il s'en voulait plus encore d'avoir fait semblant de croire au jeu d'Olson et de Bollington aussi longtemps. Et d'être allé jusqu'au bout. Et il en voulait aussi maintenant à Carter, car c'était lui qui le premier, était venu le chercher.

Il avait bu les trois quarts de la bouteille et se dépêcha d'en chercher une autre tant qu'il pouvait encore tenir debout car il savait que ce qui restait ne lui suffirait pas. Il fumait une cigarette après l'autre et revoyait la scène comme une série d'images éclatées qui ne suivraient plus aucun ordre chronologique. Ce visage, surtout, dont il n'était rien resté, qu'un immense trou rouge et quelques lambeaux de chair tout autour comme un rideau déchiqueté. Puis il recrachait la fumée sans souffler, juste en ouvrant la bouche pour enfouir sa tête dans un nuage qui viendrait brouiller ces visions. Il songeait alors à nouveau à lui-même. Et comme il avait fini la première bouteille et ouvrait la deuxième immédiatement, il se demanda s'il était lui aussi un hypocrite. Il avait toujours su que Bollington ou Olson tueraient cet homme, et peut-être était-ce parce qu'il avait eu peur d'eux qu'il s'était laissé entraîner dans le crime. Ou était-ce pire encore ?

Il n'aurait pas su dire à quelle heure il était monté

dans sa chambre, ni ce qui avait déclenché ce besoin de quitter sa chaise et de gravir l'escalier comme si son corps libéré de son esprit par l'effet du vin et de la culpabilité obéissait à une mécanique.

Au matin, sa femme, sentant son haleine, n'avait pas posé de questions sur ses activités de la veille.

9

Le printemps était revenu. Et les mois qui s'étaient écoulés depuis cette nuit de feu et de sang avaient été d'un calme surprenant. Les beaux jours étaient même arrivés plus tôt que prévu. Olson s'était habitué aux longues absences d'Oriel, qu'il appelait désormais : « cette grosse conne de Norma ». Elle faisait depuis quelque temps de longs séjours chez une amie qui partageait ses goûts et portait des jupes longues. Du moins était-ce ce qu'elle disait. En une seule occasion, Olson s'était demandé si elle s'était trouvé un amant, mais au bout du compte, il s'en foutait.

Carter supportait mieux la maladie de sa femme. Il n'hésitait plus à s'absenter pendant de longues périodes. Souvent, il s'asseyait dans un café de Thiviers et philosophait sur la vie et la mort en général, devant une Suze. Spencer était mort, chaque nouvelle gorgée le lui répétait. Mieux encore, il avait fini par tuer Spencer. Lui-même, avec l'aide de quelques abrutis, bien sûr. Mais on ne pourrait jamais lui retirer ça. Durant ces heures d'interrogatoire, il en avait rêvé, à chaque question, à chaque cri, à chaque apparition de cet homme quand la porte s'ouvrait et qu'il lui adressait ce sourire amusé, Carter avait imaginé les pires tortures. Il avait voulu survivre à cet homme. Il était impensable, inacceptable que la maladie, ou qu'un accident, puisse un jour l'emporter avant d'avoir vu la fin de Spencer. Et la Dordogne lui avait offert ça, ce pays merveilleux, ce paysage, cette verdure, cette gastronomie, lui avaient permis d'accomplir tous ses rêves. À peu de choses près. Comme il songeait à sa femme, son visage se rembrunit momentanément, et il commanda une autre Suze.

Bollington marchait d'un pas plus assuré depuis qu'il avait vécu cette aventure, et il croyait déceler dans le regard de sa femme (qu'il continuait à présenter de partout comme « lady Bollington ») une nouvelle nuance de respect. Ce en quoi il se trompait totalement. Il avait toutefois pris l'habitude de considérer Albert avec une certaine hauteur, comme si ce personnage rougeaud ne le terrorisait plus tout d'un coup. Et il songeait, je suis capable de commettre des crimes que tu n'imaginerais même pas, toi qui n'es bon qu'à tuer les cochons.

Seul McGuire avait toujours du mal à s'endormir. Il s'était encore appauvri et avait vendu des meubles qu'il tenait de son père. Il avait même envisagé de vendre un cheval et y avait renoncé quand il avait compris que le maquignon auquel il s'était adressé l'aurait mené directement à l'abattoir. Puis, surtout la nuit, il faisait des rêves étranges qu'il n'arrivait pas à décrypter et dans lesquels les détails de cette nuit meurtrière se défaisaient comme une bouteille de vin qui éclate en heurtant le sol, et repeignait de rouge des scènes absurdes au centre desquelles il se trouvait entouré de ces hommes. Il les haïssait toujours plus, chaque fois qu'il y repensait, et il était devenu leur complice.

SECONDE PARTIE

10

Ce fut évidemment Carter qui se rendit compte de la catastrophe le premier. Six mois plus tard, début octobre, pour être précis.

Il portait un cabas dans chaque main ce jour-là, un filet à provisions qui accentuait son âge en lui donnant un air féminin un peu ridicule. Et il marchait dans une totale indifférence de l'impression qu'il pouvait produire dans les rues de Thiviers. Il rêvait. Il se prenait souvent à rêver ces derniers temps. Il rêvait qu'il empoisonnait sa femme. Avec le même succès qu'il avait eu pour massacrer Spencer. (Car si c'était Bollington qui avait tiré, Carter avait réussi, avec le temps et l'impunité, à se convaincre que le véritable assassin, c'était lui.) Mais dans ce deuxième épisode, imaginaire cette fois, de sa vie meurtrière, il agissait seul. Il la voyait au moment de mourir, écarquillant les yeux dans un dernier spasme, la bave aux lèvres, elle levait un bras maigre et comprenait à l'instant même où elle rendait l'âme qu'elle avait été empoisonnée par son mari, Richard Carter en personne. Juste retour des choses. Dans d'autres versions, l'agonie était plus longue et il prenait le temps de lui expliquer pourquoi il la haïssait tant, comment il lui avait administré le poison, et s'il y avait la queue à la crèmerie par exemple pendant qu'il faisait les courses, il s'imaginait encore qu'il lui disait comment son frère le prêtre allait lui aussi y passer. Il était en train de suivre le corbillard, à l'abri de tout soupçon, quand il fut interrompu violemment dans son bonheur par l'apparition de la catastrophe à laquelle il s'attendait le moins, dans la vitrine de la maison de la presse : un livre. Un livre signé du même pseudonyme que celui qui les avait tous conduits au meurtre. Ces mêmes six lettres qui formaient un nom anglais au-dessus d'un titre absurde. Il ferma les yeux quelques instants, vaguement distrait par une douleur dans le bras, et posa ses cabas en s'apercevant qu'ils en étaient la cause, avant de regarder à nouveau, hébété, avec une expression de sérieux dans le regard, comme un psychopathe ou un débile mental qui ne comprendrait pas très bien pourquoi la personne qu'il vient de poignarder est en train de mourir. Il regarda les autres livres, disposés autour dans la vitrine. Puis encore le premier. Il sentit venir la migraine. Il eut subitement envie de boire de l'alcool, une bière, une bière, oui, comme pour soigner la gueule de bois le matin. Il releva la tête et aperçut le libraire dans sa blouse grise, sur l'escabeau, en train de ranger Dieu sait quoi sur ses étagères. Il éprouva une bouffée de haine pour ce libraire, comme s'il était l'auteur du livre. Il sentit confusément qu'il ne pouvait pas rester indéfiniment devant cette vitrine. Mais il était aussi certain qu'il n'achèterait pas ce roman dans ce magasin. Et en même temps, pourquoi pas, puisqu'il était là. Il se dirigea vers la porte et s'aperçut, au moment de l'ouvrir, qu'il avait laissé les cabas sur le trottoir là où il les avait posés. Il revint sur ses pas, sourit avec une certaine crispation à une vieille qui l'observait depuis un moment puis il entra.

Avant même de dire bonjour, il désigna du doigt la vitrine et dit : « Le livre », comme si le libraire comprendrait immédiatement de quoi il s'agissait. Ce dernier haussa les sourcils, et Carter montra encore une fois l'ouvrage qu'il voulait acheter en le désignant du doigt, sans pouvoir prononcer le nom de l'auteur et ayant de toute manière déjà oublié le titre.

Le libraire hocha la tête et l'informa que ça venait de sortir, puis il se dirigea vers une table où étaient empilés une vingtaine d'exemplaires. Il n'osa même pas le prendre quand on le lui tendit, comme s'il avait peur de se brûler.

– Vous n'auriez pas un sac ? demanda-t-il, avant de s'apercevoir que le libraire avait déjà emballé le livre.

Puis il marmonna des excuses, il vit en regardant par-dessus son épaule que deux autres personnes attendaient d'être servies. Sa propre voix lui paraissait lointaine, portée par un écho vertigineux. Puis, hochant toujours la tête comme un animal, il ressortit.

En arrivant devant chez lui, il aperçut le médecin qui entrait. Un détail le frappa mais, dans sa confusion, il aurait été incapable de dire lequel exactement. Pourtant, le trouble qu'il éprouvait devant l'incongruité de ce spectacle se mêlait à celui que lui inspirait le livre dans son sac en papier blanc, coincé sous son aisselle comme un abcès. Il décida qu'il ne voulait pas croiser le médecin ni s'enquérir de la santé de sa femme auprès de cet escroc qui faisait fortune grâce au délire hypocondriaque dans lequel elle se complaisait.

Il se dirigea vers le café, commanda la bière dont il avait besoin depuis un moment et alla s'asseoir au fond de la salle, respirant l'odeur de pastis qui lui rappelait souvent qu'il vivait en France. Le livre était posé devant lui, dans son sachet. Il n'osait même pas l'en sortir. Il lui fallut attendre d'avoir bu sa première bière et d'en avoir commandé une autre avant de trouver le courage de jeter un coup d'œil sur la couverture. Le titre se détachait sur une tache de sang, on distinguait une maison qui ressemblait aux fermes de la Dordogne et les visages de quatre hommes qui formaient comme des ombres dans le fond. Il trouva tout cela d'un goût épouvantable, et il se mit à tirer quelques-unes des conclusions que lui imposait la présence de cet objet, là, entre lui-même et son verre vide. D'abord, ils s'étaient trompés de victime en tuant Spencer. À moins qu'ils aient été deux à écrire le premier livre. Ou que quelqu'un ait repris le même pseudonyme pour écrire une suite. S'il s'agissait bien d'une suite. Une chose était certaine, il faudrait lire ce bouquin, et cette perspective le remplissait d'effroi. Sans parler de l'ennui. Ensuite, il faudrait prévenir les autres. L'idée d'avoir à renouer le contact avec ses compagnons d'infortune l'accabla. Retrouver ce hippie haïssable, la grosse brute prétentieuse et abrutie de Bollington, ensuite McGuire... Il avait croisé McGuire une fois depuis. Chez Sue Brimmington-Smythe. À une de ses soirées. Ils avaient vaguement échangé quelques phrases et avaient décidé de s'ignorer. À cette occasion, il avait rencontré la femme de Johnny. Une assez belle femme, d'ailleurs. Par la suite, il avait préféré ne plus répondre aux invitations de Sue Brimmington-Smythe. Il ne voulait plus croiser McGuire. Pourquoi le souvenir de la femme de McGuire lui rappelait-il le médecin en train d'entrer chez lui pour ausculter sa femme ? La deuxième fois cette semaine. Parce qu'au cours de cette soirée chez Sue Brimmington-Smythe, ils avaient parlé de lui. Parce qu'elle le connaissait. Il soignait les enfants McGuire. Et il se souvint de ce qu'il y avait d'anormal dans l'apparition du médecin à la porte de sa maison. Personne n'était venu lui ouvrir et Carter fermait toujours à clef quand il partait. La bonne n'était pas là. Il avait donc sa propre clef. C'était un peu fort. C'était même incroyable. Ses yeux se posèrent à nouveau sur la couverture. Il ouvrit au hasard et essaya immédiatement de se reconnaître dans un des personnages. Il y parvint assez rapidement. On lui avait donné le même nom que dans le premier livre. Il vit un peu plus loin le pseudonyme de Bollington. On lui faisait tenir d'ailleurs quelques propos ridicules qu'il trouva plutôt amusants. Carter leva les yeux au ciel, se caressa le menton et se demanda très sérieusement si cette nouvelle petite parution signifiait qu'il faudrait éliminer un auteur de plus, après Spencer. Cette pensée l'affligeait. Assassiner des auteurs allait finalement devenir aussi banal que de faire la vaisselle, une corvée assommante à accomplir avec des collègues haïssables. La troisième bière avait noyé sa peur et sa consternation, il ne restait que l'accablement. Puis au milieu de cette nouvelle torpeur, il repensa au médecin. Il se leva, posa de l'argent sur la table et sortit, décidé à arriver chez lui avant le départ de Beynac.

C'était trop tard, il était parti quand Carter atteignit son domicile, encombré de ses cabas et de son nouveau livre.

– Michael !

Bollington sursauta en entendant la voix de sa femme. Il y avait longtemps qu'il ne l'avait pas vue aussi agitée.

– Michael, on s'est trompés.

– À quel sujet ? demanda Bollington d'un air détaché.

Alexandra grinça des dents, agita la tête de droite et de gauche comme un pur-sang à l'entrée d'une ligne droite et leva les deux poings à hauteur du visage de son mari qui était assis dans un fauteuil et regardait des photos de chiens dans un magazine.

– À propos de ce flic. Celui qu'on a tué. Ce n'était pas lui.

– Je ne comprends pas.

– Il y a un autre livre. Signé du même auteur. Ce n'était pas Spencer. Appelle Carter, immédiatement. Non ! Attends. Réfléchis.

Et effectivement, Bollington ne réfléchissait pas. Il essaya, mais il ne savait pas exactement à quoi il devait réfléchir. Il observait sa femme, et comprenait à son front plissé qu'elle s'y employait avec énergie. Elle avait fini par s'asseoir sur le rebord d'une chaise. Et, tenant toujours les poings serrés, elle remuait les lèvres comme si elle se parlait à elle-même.

– Et tu l'as lu, ce deuxième livre ? demanda Bollington qui saisissait enfin la portée de ce que venait de lui révéler son épouse.

Elle releva la tête comme si elle avait momentanément oublié sa présence et lui répondit : « Bien sûr », d'un air qui suggérait l'étonnement devant tant de bêtise.

– Et il parle de quoi ce livre ?

– Il décrit justement comment Carter, McGuire, Olson et toi, vous avez tué Spencer en croyant qu'il était l'auteur d'un livre vous incriminant.

11

– Le médecin a la clef de la maison ?

– Qu'est-ce qui t'étonne tellement ?

Elle avait répondu avec une énergie et une agressivité qui le prirent de court. Carter s'était attendu à ce que sa femme se mette à geindre dès qu'il aurait passé la porte de la chambre. Elle vit qu'il était désarçonné, et décida de continuer la contre-attaque par la douceur.

– Mon chéri, fit-elle pour commencer, en tendant une main et en souriant tristement. Qu'est-ce qui t'inquiète ? Tu es souvent absent, pendant ses visites. (« Presque toujours », songea Carter.) Tu sais que je suis très malade, ajouta-t-elle avec un soupir, j'ai parfois besoin de l'appeler. J'ai eu un vertige ce matin. Quand tu n'es pas là, et la femme de ménage non plus, j'hésite à descendre les escaliers. Mais il ne faut pas t'inquiéter comme ça. (Elle lui parlait maintenant comme s'il était sénile.) Michel a toute ma confiance, tu sais.

– Et qu'est-ce qu'il t'a prescrit ?

Il se voyait déjà trottinant jusqu'à la pharmacie pour rapporter des kilos de médicaments à des prix astronomiques.

– L'ordonnance est là, fit-elle en lui désignant une de ces feuilles qui ne lui étaient que trop familières.

Puis, sans lui laisser le temps de répondre quoi que ce soit, elle ajouta : « Tu t'es acheté un livre, Richard ? »

Il baissa les yeux vers sa main droite qui tenait

encore le sac en papier blanc. Dans sa colère, après avoir posé les cabas dans l'entrée, il était monté à l'étage avec le livre toujours coincé sous son aisselle, et l'avait machinalement pris dans la main au moment où il entrait dans la chambre.

– Hein ? Euh… oui. Juste une euh… distraction.

– Qu'est-ce que c'est ?

– Rien, rien d'intéressant.

– Tu me le montres, Richard ?

– Ça ne te plairait pas.

– Comment le sais-tu ? Montre-moi.

Encore le sourire faiblard. Il songea qu'il l'aurait bien étouffée sous l'oreiller.

– C'est juste un roman policier, j'avais besoin de me distraire.

Elle inclina la tête sur le côté et plissa le front de façon à exprimer l'étonnement. Carter profita de ce silence pour demander :

– Ton frère va venir te rendre visite aujourd'hui ?

– Non, pourquoi ? Il ne vient pas tous les jours.

Elle était tombée dans le panneau, et il avait réussi à changer de conversation. Elle aurait passé pour folle ou soupçonneuse si elle s'était remise à insister pour voir un livre qui, lui disait-on, était sans importance. Et il voyait qu'elle s'en rendait compte. C'était merveilleux comme à chaque fois qu'on mentionnait son frère curé, on obtenait un répit ou la possibilité de la mettre en colère. Et entre-temps, elle continuait à se demander pourquoi il refusait de lui montrer ce livre ou de lui en parler.

Il fit deux pas d'un air très décidé en direction de la table de chevet, saisit l'ordonnance et déclara :

– Je vais te chercher ça tout de suite. Puis, après un

silence perfide, il ajouta : si tu as eu un malaise, mieux vaut rester prudent.

Elle ouvrit la bouche pour protester, mais il avait déjà refermé la porte de la chambre derrière lui et descendait l'escalier.

– Répète-moi exactement ce qui s'est dit les deux soirs où vous vous êtes retrouvés chez Carter.

Bollington plissa le front.

– C'est un peu difficile, Alexandra. On a dit beaucoup de choses.

– Oui, Michael, fit-elle, encore une fois comme s'il avait quatre ans et d'ailleurs ça commençait même à l'agacer.

– Le type que vous avez tué était, d'après ce que j'ai compris, le flic qui a arrêté Carter en Angleterre il y a une dizaine d'années. On comprend que notre ami a eu une petite aventure de ce genre, d'après ce qui est écrit dans le livre. Est-ce que je me trompe ?

– Non, Alexandra.

– Bien. Maintenant, serait-il possible que cette vieille cochonnerie de Carter se soit servi de cette histoire simplement pour se débarrasser d'un flic qui continuait à le poursuivre ? Qui a désigné Spencer comme le premier auteur du livre ?

– McGuire.

– Quoi ?

– McGuire.

– Et comment connaissait-il Spencer ?

– Par Sue Brimmington-Smythe.

– Je ne comprends plus.

Bollington n'avait de toute façon rien compris depuis le début et il se passa de tout commentaire.

– Michael, je veux que tu lises ce livre et que tu me

dises si ce qui y est écrit sur le déroulement du meurtre est exact.

Carter se demanda en refermant le livre pourquoi McGuire – ou plus exactement son personnage – était le seul dans ce deuxième livre à ne pas prendre une part active au meurtre. Et de plus, son double littéraire agissait avec un courage qu'il n'avait pas exactement montré. De toute cette petite expédition, c'était lui qui s'en sortait le mieux dans la novélisation qu'il venait de lire. Le nom de Spencer avait été transformé en Spender, ce qui à son avis dénotait un manque total d'imagination de la part de l'auteur. Mais en attendant, une chose était certaine : ils s'étaient trompés de victime. Une deuxième était plus que probable : « Il y avait un traître parmi eux », comme on disait dans les histoires de massacre qui avaient enchanté son enfance. Ce qui posait un problème supplémentaire dans l'immédiat : à qui téléphoner pour organiser un rendez-vous ? À qui parler de cette nouvelle situation ? Bollington ? Sûrement pas. À moins que le faux lord ne fût pas l'imbécile qu'on croyait. Peu probable, mais il fallait y songer. Olson était un hypocrite violent, une combinaison dangereuse. C'était aussi un homme courageux, mais le deuxième livre ne l'épargnait pas et décrivait même ses travers avec une certaine exagération. C'était peut-être une façon de se couvrir s'il en était effectivement l'auteur, en arguant qu'il ne se serait jamais montré tel qu'il était en quelque sorte.

– Alexandra ?
– Oui ?
– Il faut appeler les autres ?

– Pas encore. Toi, tu ne fais rien. Tu t'occupes de Marmaduke. À partir de maintenant, c'est moi qui prends cette affaire en main.

Elle se leva, se dirigea vers le grand escalier et se mit à hurler : « Marmaduke ! Marmaduke ! » Pas de réponse.

– Michael, va trouver Albert et euh… faites quelque chose avec Marmaduke, un exercice de tir, par exemple.

Bollington s'exécuta mais, au moment de sortir dans le parc, il se retourna vers elle et la considéra avec un regard qui la surprit. Après tout, le soir du meurtre, il lui avait tout raconté, elle lui avait dit ce qu'il fallait faire tout du long. Elle était issue d'un milieu social minable. Et lui avait de l'argent. Était-elle en train d'élaborer un de ces plans compliqués dont il était incapable pour se débarrasser de lui ? Elle avait même des amants, il le savait, tout le monde le savait, et il la soupçonna d'être assez perverse pour l'avoir mentionné elle-même dans le premier livre, pour l'humilier encore plus. Pourtant, c'était elle qui l'avait embringué dans ces histoires de nationalisme irlandais. Et quand il y pensait il se disait qu'il avait eu bien tort, parce qu'il n'en avait rien à foutre des Irlandais.

La silhouette grotesque d'Albert s'était présentée à l'entrée du manoir, et il attendait en plissant les yeux les ordres qu'il allait recevoir d'un moment à l'autre.

– Albert, ordonna Alexandra Bollington, sellez-moi un cheval. Vous serez gentil. J'ai besoin de faire une promenade pour réfléchir.

Albert poussa un grognement et s'éloigna sous le regard de ses maîtres.

– Alexandra ? dit Bollington.

– Oui ?

– À propos de tes amants.

– Ah, ce n'est pas le moment, vraiment pas, Michael. Nous en avons déjà parlé, ça ne va pas recommencer.

Il la regarda s'éloigner vers les écuries à quelques mètres derrière Albert. L'espace d'un instant, il se demanda si elle avait couché avec cette espèce de gorille. Il n'était pas jaloux, ils étaient des gens civilisés, mais il trouvait quand même que là ce serait un peu trop. Ne serait-ce que par rapport à la position dans laquelle ça le mettrait vis-à-vis des domestiques. Il pouvait comprendre d'ailleurs qu'un animal comme le gros Albert puisse être sexuellement attirant pour une femme comme Alexandra. Lui-même avait éprouvé un certain trouble devant des femmes d'une vulgarité et d'une laideur ahurissantes. Elle lui avait demandé de s'occuper de Marmaduke. Pas pour le moment. Il avait du travail. Il en avait assez de tout confier à cette femme qui revenait à présent, bottée, la cravache à la main, sur un immense pur-sang ; elle trottinait d'un air décidé vers la lisière des bois, dans la lumière orange d'octobre qui parfois lui rappelait les paysages anglais qu'il n'aurait jamais dû quitter.

– Ça fait plus de six mois que tu ne travailles plus pour Bollington, qu'est-ce qui se passe ?

Typique. Il y avait six mois, elle l'emmerdait sans cesse parce qu'il travaillait pour Bollington, qu'il était son « domestique » comme elle disait, et maintenant…

– Je n'ai jamais aimé cet homme, Oriel. Tu le sais. J'ai préféré euh… rompre cette relation négative, répondit-il d'un ton doucereux.

– On n'a plus d'argent.

– Et tes cours de yoga à Champagnac ?

– Si tu crois que ça va suffire. Et puis j'en ai marre du yoga.

– Du yoga ?

– Du yoga et de toutes ces conneries.

– Je ne te comprends pas.

– J'aimerais savoir pourquoi tu ne retournes pas chez Bollington.

– Je viens de te le dire.

– Et comment est-ce qu'on va vivre ?

Il se leva d'un bond et, l'instant d'après, elle sentit comme une immense chaleur sur sa joue droite, suivie d'une douleur sourde. Elle trébucha en arrière, se cogna le mollet à la table basse et tomba sur le tapis afghan. Elle le vit au-dessus d'elle, le regard fixe, attendant sans doute qu'elle se relève pour la frapper à nouveau. Elle tourna la tête frénétiquement de droite et de gauche, sans savoir vraiment pourquoi, et sans avoir le temps d'y réfléchir ; cherchait-elle un moyen de s'enfuir, une arme ? Avant même de répondre à ses propres questions, elle reçut un coup de pied dans les côtes qui l'obligea à se plier en deux. Puis elle entendit un bruit. Un bruit de coups, mais cette fois elle ne ressentit pas la douleur. On frappait à la porte. Olson se retourna brusquement. Il resta immobile une seconde ou deux, pointa un doigt en direction de son visage et lui dit : « Toi, tu fermes ta gueule, t'as compris ? »

Il alla ouvrir, pendant qu'elle sanglotait sur les coussins indiens. C'était Bollington.

– Monsieur Carter ?

Il l'avait reconnue immédiatement et sa première réaction avait été la peur. C'était Alexandra Bollington. Il comprit aussitôt pourquoi elle était là. Il avait fini la lecture du deuxième tome de ses propres aventures la veille au soir.

– Suivez-moi, dit-il en guise de bonjour.

Il la conduisit dans la pièce qu'il appelait son bureau et dans laquelle le seul travail qu'il accomplissait consistait à ressasser ses souvenirs. Depuis quelque temps, l'amertume avait pris le pas sur l'autosatisfaction. Un fauteuil défoncé trônait au milieu d'un tapis usé devant la petite cheminée de marbre. Un verre sale était posé au pied du fauteuil, des photos de collège ajoutaient à l'atmosphère de masculinité vieillissante. Alexandra Bollington comprenait qu'en entrant dans cette pièce elle se trouvait autorisée à espionner les secrets de Carter et qu'à la fin de l'entrevue on déciderait si on était des alliés agissant de concert, ou des ennemis. Pour le moment, Carter éprouvait plutôt une certaine inquiétude en constatant que l'épouse Bollington prenait les choses en main. De toute évidence, elle était l'intelligence de cet homme. Et il se demandait justement la veille si Bollington ne prétendait pas être imbécile pour mieux cacher son jeu. Il pouvait désormais répondre à ses propres questions avec quelques ajustements : c'était elle l'esprit qui se cachait derrière la bêtise de Bollington. Il avait suffi de la regarder quelques secondes et de voir qu'elle l'avait suivi dans son bureau sans s'encombrer de paroles inutiles et de faux-semblants, ce qui chez les Anglais de la région lui apparaissait comme une rareté.

– Asseyez-vous, lui dit-il en lui désignant le fauteuil.

Il s'installa dans une chaise de bureau pivotante et, croisant les doigts sur ses genoux, légèrement penché en avant, il se mit à se balancer de droite et de gauche de la façon la plus agaçante qui soit.

– Monsieur Carter, je viens vous voir de la part de mon mari, en quelque sorte.

– Je comprends.

Il se rendit compte à ce moment qu'il ne lui avait même pas offert à boire. Puis comme il songea que « lady » Bollington n'était rien de plus que lui, une Irlandaise sortie de sa tourbe, et une meurtrière, il alluma même un cigare en disant : « Ça ne vous dérange pas si je fume. » C'était plus une affirmation qu'une question.

– Ce n'était pas Spencer, déclara-t-elle tout de suite.

Et c'était tellement brusque qu'il faillit sursauter. Comme il était sur ses gardes depuis qu'elle était entrée, il se contenta de hausser les sourcils et, après un silence, il répondit par un « non » sec et à peine audible. Elle tourna les yeux vers le bureau et lui désigna le livre qui y était posé. Il hocha la tête. Il n'osait pas vraiment parler, et elle n'osait pas aller trop vite. Elle se demandait s'il n'avait pas un pistolet ou un poignard dans cette pièce de vieux garçon qui sentait le cigare et le renfermé, avec ses gravures de hussards accrochées de travers sur un mur couvert de tissu vert sombre. Carter poussa un soupir et se pinça le haut du nez. Elle se gratta la gorge et se décida :

– Est-ce que la description de la soirée au cours de laquelle, euh… est-ce que cette description est exacte ?

– Pas totalement.

– Évidemment.

– Qu'est-ce que vous voulez dire ?

– Que la personne qui aura écrit ce volume aura forcément glissé quelques inexactitudes dans le récit pour créer un doute.

– Quel doute ?

Il connaissait parfaitement la réponse pour avoir

suivi un raisonnement identique, mais il attendait seulement de voir si elle en était arrivée aux mêmes conclusions et si le cheminement de sa pensée correspondait exactement au sien.

– On ne peut tout simplement plus être certain que l'auteur n'est pas un de vous quatre, vous-même, McGuire, Olson, ou mon mari.

– Ou vous-même, répondit Carter, il semblerait que nous sommes cinq maintenant.

Elle ne put s'empêcher de sourire. Et à ce moment là, il la trouva séduisante. Il se demanda si elle s'en était rendu compte, parce qu'elle s'était adossée au fauteuil et avait croisé les jambes, révélant un genou un peu trop osseux, mais acceptable. Il songea, entre autres choses, qu'elle était la maîtresse du médecin qui soignait sa femme, et en conclut que les femmes avaient décidément des goûts épouvantables, même s'il comprenait l'attirance que ce vieux beau ridicule pouvait exercer sur ces femelles. Il chercha un mot pour la qualifier : elle n'était pas voluptueuse, même si elle s'en donnait la pose, il la trouva « piquante » et s'en contenta. L'espace d'un instant, il eut comme une vision, il se vit travaillant en association avec elle, deux partenaires capables de tuer ou d'escroquer n'importe qui n'importe quand et de voler tout ce qui passait à leur portée. Avec chaque nouveau détail de ce tableau furtif, il se sentait rajeunir. En attendant, elle avait épousé un homme riche, donc mieux valait laisser le rêve de côté et écouter sans regarder son genou.

– Vous aviez tout intérêt à ce que Spencer disparaisse, déclara-t-elle, le confortant dans sa dernière pensée.

Puis elle ajouta :

– Vous avez déjà tué un homme par le passé, si j'ai bien lu ce qui se trouve entre les lignes.

– Vous faites maintenant référence au premier volume de cette œuvre.

– Absolument.

Toujours le même sourire.

– Vous croyez que pour me débarrasser d'un flic à la retraite, je me serais livré à toutes ces simagrées dangereuses et inutiles ? De plus, je ne connaissais pas votre engagement auprès de l'IRA.

Il avait deux fois raison, mais mieux valait ne pas l'admettre.

– Quelqu'un aurait pu vous en parler, déclara-t-elle.

Elle se rendit compte qu'elle avait eu tort de faire cette suggestion.

– Et qui justement ? Si on arrive à trouver la personne qui en aurait été capable, on se rapprochera de l'emmerdeur qui écrit ces petits romans. La seule chose qui m'échappe, pour tout vous dire, c'est sa motivation.

– L'argent, peut-être ?

– Ce n'est pas suffisant.

– Se débarrasser de vous ?

Au moins c'était franc.

– Oui, et de votre mari, et des deux autres. Si j'ai bien lu, moi aussi, et sans aller entre les lignes, vous avez une bonne raison de vous débarrasser de votre mari.

Elle haussa les sourcils, sincèrement étonnée cette fois.

– Et laquelle ?

– Votre amant.

Cette fois, elle éclata de rire.

– Oh ça ! Michael s'en fout complètement.

C'était bien une idée de petit-bourgeois, songea-t-elle avant de continuer :

– D'ailleurs, j'ai plus d'un amant.

Il se demanda si elle le provoquait délibérément. Il se passa la main aussi négligemment que possible dans ses cheveux gris.

– Et si c'était votre amant qui voulait se débarrasser de votre mari ?

– Mais pourquoi voudrait-il se débarrasser de vous ?

Voilà qui le remettait à sa place et mettait fin à une autre rêverie avant même qu'elle n'ait commencé. Pourtant, ce fut à ce moment-là qu'elle conclut :

– Je crois que nous avons tout intérêt à travailler ensemble, monsieur Carter.

Et comme elle sourit, la rêverie put finalement reprendre là où il l'avait laissée.

Bollington éclata de rire en voyant l'état dans lequel se trouvait le couple Olson, et oublia un temps les raisons de sa visite.

– Un petit désaccord entre amants, fit-il en guise de commentaire. Ça s'arrangera.

Comme ses plaisanteries ne parvenaient pas à amuser son public, il se gratta la gorge et déclara à Olson :

– Il faut que je te parle, c'est important. Viens tout de suite.

Olson le suivit jusqu'à sa voiture sans se retourner.

– Qu'est-ce qui se passe maintenant ? demanda Olson, passablement agacé. Je ne travaille plus pour...

– Il y a un deuxième livre.

– Un quoi ?

– Un deuxième livre, du même auteur. Sur nous. Sur le crime.

Bollington put démarrer sans avoir à écouter les protestations d'Olson, qui restait prostré sur son siège, à regarder droit devant lui à travers le pare-brise, ce paysage qu'il ne pouvait plus supporter, qui l'accusait sans cesse en ramenant son passé, et le retenait enchaîné à des imbéciles comme celui qui était assis à côté de lui.

Oriel s'assit sur le lit et regarda la chambre. Les tissus indiens, les cristaux de couleur placés à côté d'autres breloques mystiques, la disposition absurde des meubles qu'on devait à un stage de fen-shui, et ces livres d'une inanité prodigieuse qui, au cours des cinq dernières années, lui avaient fourni un jargon idiot qui leur permettait de remplir les blancs de la conversation pendant qu'elle se mourait d'un ennui parfumé aux bâtonnets d'encens, avec ce végétarien qui l'avait obligée à arrêter de fumer et lui avait imposé sa vie simple et ses « valeurs ». Malgré tout cela, il était l'esclave de l'infect Bollington qui ne tarissait pas de plaisanteries salaces sur elle pendant que Mark ricanait d'un air veule. Un faible en un mot, qui en plus avait fini par lui faire peur. Elle se prit la tête à deux mains et se mit à sangloter.

Enfin, au bout de quelques minutes passées à pleurer sur son sort, elle se leva, toute droite, et se dirigea vers le miroir. Sa joue avait commencé à gonfler et prenait des reflets bleutés. Son regard s'attarda sur sa chemise violette et sa grande jupe à fleurs. Elle se défit de ses vêtements et les laissa tomber à ses pieds. Elle était entièrement nue, mais elle sentait à peine le froid. Elle saisit à deux mains la chaise rustique en paille tressée qui se trouvait devant le petit bureau et fracassa tout ce qui se trouvait à sa portée, envoyant voltiger les bibelots et les bris de verre à travers les bonnes et les mauvaises ondes.

– J'ai lu le livre, dit Bollington. Et euh... Alexandra n'est au courant de rien.

Olson releva la tête et se demanda pourquoi Bollington mentait.

– Le livre prétend que McGuire n'a pas participé au meurtre. Ou, plus exactement, que s'il était présent il n'en restait pas moins opposé à l'idée du meurtre.

– Et alors ?

– Alors j'en ai conclu que c'était lui.

– Quoi, lui ?

– L'auteur.

– J'avais déjà dit avant le premier meurtre que ça allait trop vite. Qu'on aurait dû réfléchir.

« Réfléchir. » Ils n'avaient que ce mot-là à la bouche.

– McGuire n'aurait pas écrit un premier livre dans lequel il expliquerait qu'il a escroqué sa femme.

– Peut-être qu'elle lui a pardonné. Ou même que ce n'était pas vrai.

Il n'y avait pas songé. Il savait que le crime dont on l'accusait, lui, était authentique, que Bollington avait effectivement eu des liens avec l'IRA et participé à un trafic d'armes, et la furie contenue avec laquelle le vieux avait contribué à la disparition de Spencer laissait croire à sa sincérité. Mais rien ne leur disait que le crime de McGuire qui, de surcroît, était sans grande importance autre que domestique, n'était pas une pure... une pure fiction.

– Et comment est-ce que McGuire aurait été au courant de ce qui nous concerne ?

– Par Spencer. Qu'il aurait ensuite fait flinguer par

nos soins. C'est lui après tout qui nous l'a désigné comme le coupable.

Olson se retourna et considéra avec étonnement Bollington qui conduisait en souriant légèrement et en regardant droit devant lui. Il était en train de penser : « Ça t'épate, hein ? Espèce de connard. Vous allez voir que j'ai pas fini de vous impressionner. »

– Et qu'est-ce qu'on va faire ?

Et voilà, enfin ! On lui demandait ce qu'il fallait faire. Et c'était pas trop tôt.

– On va le flinguer.

Olson poussa un soupir.

– On va réfléchir.

C'était à devenir dingue.

– Parce que, expliqua Olson, je ne comprends pas sa motivation.

– Qu'est-ce que tu veux dire ?

– Pourquoi est-ce qu'il jouerait ce jeu ?

– Qu'est-ce que ça peut nous foutre, ses raisons ?

– Et s'il y avait deux auteurs ?

– Deux auteurs ?

– Un auteur pour le premier livre qui aurait été Spencer, et un deuxième qui aurait repris le même nom et aurait écrit le deuxième livre pour nous faire chier. Il n'est pas sûr, finalement, que Spencer ait été innocent. C'était lui qui s'était occupé de Carter, il aurait eu accès à nos dossiers concernant l'IRA et euh… les autres choses.

– Comme tu dis.

– Quant à McGuire, il aura pu l'apprendre par… comment s'appelle cette femme ?

– Quelle femme ?

– L'amie de McGuire.

– Sue Brimmington-Smythe.

– Voilà.

– C'est aussi notre amie, répondit Bollington. Plus ou moins. Alexandra la croise parfois à la messe.

– Elle est catholique ?

– Oui.

– Et les histoires d'IRA et de…

– Rien à voir.

– Tu es sûr ?

– Absolument certain.

– Qu'est-ce qui te rend si sûr ?

– Je te dis que ça n'a rien à voir.

Olson songea qu'il irait vérifier par lui-même, et Bollington se reprocha d'en avoir parlé.

– Ça ne nous explique pas pourquoi il aurait fait ça.

– Il a besoin de fric. Il pouvait facilement écrire la suite et l'envoyer à l'éditeur à la place de Spencer, raconter l'histoire avec les mêmes personnages en se disculpant à moitié et toucher une avance qui résoudrait ses problèmes.

– Un peu risqué. Et, d'après ce que j'ai compris, il n'ouvre jamais un bouquin.

– Sa femme, alors.

Olson ne put s'empêcher d'éprouver un léger amusement en entendant une telle explication de la bouche de Bollington.

– Oh ! *Cherchez la femme* ! fit-il en français dans le texte et en éclatant de rire.

– Qu'est-ce qu'il y a de drôle ?

La femme en question était occupée à faire la vaisselle, entourée de gosses qui gueulaient et se disputaient. Elle était en train de songer qu'elle aimerait bien une ouverture au-dessus de l'évier pour regarder le paysage pendant qu'elle lavait les tasses et les assiettes ébréchées. Johnny s'était absenté, elle ne savait pas où il était, ni ce qu'il faisait. Depuis quelque temps, elle avait remarqué qu'il passait d'un état euphorique à de longs moments de silence, quasiment sans transition. Il buvait encore plus qu'avant, et ça commençait à se voir à ses bajoues. Un soir, après un dîner chez Sue Brimmington-Smythe où elle avait parlé de la mort d'un Anglais qu'elle avait croisé, un flic à la retraite qui avait péri dans l'incendie de sa maison, Johnny n'avait plus rien dit de la soirée. Il était retourné à la voiture en titubant, puis avait piqué un fou rire inexplicable sur le chemin de la maison. Une fois arrivé, alors qu'il était déjà ivre mort, il était allé ouvrir une bouteille de vin. Puis au moment d'aller voir si les enfants dormaient bien, il s'était mis à pleurer comme un veau dans leur chambre. C'en était gênant, il avait fallu qu'elle le tire par la manche avant qu'il ne les réveille.

Quand il s'absentait, comme ce jour-là, elle s'abrutissait aux tâches ménagères, qui d'ailleurs ne manquaient pas, entre les enfants et la pauvreté, pour ne pas songer aux catastrophes qui le guettaient. Notamment sur la route, en sortant d'un café.

Depuis cinq minutes, elle était seule dans la cuisine, à essuyer machinalement de grosses tasses que le thé avait irrémédiablement tachées. Les gosses étaient à l'étage ou dans le jardin. Et même si ce calme momentané lui donnait le temps de s'inquiéter et de repenser aux transformations de Johnny, c'était finalement une forme de répit.

Elle entendit des pas à l'extérieur et ne put s'empêcher de sourire en se retournant rapidement comme une héroïne de mauvais film. Ce n'était pas lui. Elle vit à sa place un homme blond, plutôt grand, aux cheveux blonds qu'elle eut du mal à remettre. Il la regardait de haut en bas en souriant, et elle ne savait comment interpréter son expression. Est-ce qu'il appréciait ses formes ? Était-il intimidé ? Ou vaguement menaçant. Il ne se décidait pas à dire bonjour et elle continuait à essuyer lentement la tasse qu'elle tenait à la main en plissant les yeux. Ce fut elle qui le salua. En anglais, parce qu'il lui paraissait évident qu'il ne pouvait pas être autre chose qu'anglais bien qu'elle reconnût, presque par instinct, qu'ils n'étaient pas du même monde.

Pour toute réponse, il lui demanda :

– Votre mari n'est pas là ?

Elle décida finalement qu'il était plutôt menaçant.

– Euh... non, Johnny est...

Elle avait à peine trois secondes pour inventer un mensonge et, visiblement, ça ne suffisait pas.

– Johnny est parti, dit-elle. Mais il va revenir d'un moment à l'autre, ajouta-t-elle alors qu'elle n'en avait pas la moindre idée.

C'était une façon de dire à cet homme en chemise indienne froissée et sans col qu'il valait mieux ne rien tenter.

– Je peux l'attendre ?

Elle n'avait pas prévu ça. Et avant qu'elle ait eu le temps de répondre, il s'assit à la table.

– Vous voulez voir Johnny à quel sujet ? demanda-t-elle.

Il était tout à fait possible que son mari ait emprunté de l'argent à ce type et qu'il vienne reprendre son dû de force. Et si Johnny ne rentrait pas ?

– Oh, c'est euh... je ne sais pas...

Il n'osait rien dire, il regardait de droite et de gauche. Elle était sûre maintenant que c'était une histoire d'argent. Comme il avait paru gêné, elle trouva le courage de lui demander son nom. Il sursauta en se souvenant qu'il ne s'était pas présenté.

– Excusez-moi, Olson. Mark Olson.

Elle plissa le front. Ce nom lui disait quelque chose. Puis elle trouva et sourit enfin.

– Vous êtes le mari d'Oriel ?

(Oriel, elle avait un mal fou à prononcer ce nom ridicule mais puisque ces deux hippies insistaient pour qu'on les appelle comme ça… Pour ce qu'on en savait, il insistait peut-être pour qu'on le prénomme Jupiter. Elle s'en foutait, mais elle se demandait toujours ce qu'il faisait là.)

– Vous connaissez ma femme ?

Il avait l'air stupéfait.

– Oui, enfin… on se croise chez Helen Rover. Vous savez, au groupe de peinture. Les jeudis.

McGuire ne lui avait pas dit que leurs femmes se connaissaient. Du reste, il ne le savait peut-être pas lui-même.

– Vous voulez boire quelque chose ?

On entrait dans le monde de la normalité. Et pour y rester, il demanda un thé, plutôt qu'une bière ou un verre de vin. D'ailleurs, à en juger par l'état de la cuisine, il doutait fort qu'il y en ait.

– Vous voyez souvent Norma ?

– Qui ?

– Oriel, je veux dire.

(Elle s'appelait donc Norma, c'était à mourir de rire. Et pas très étonnant.)

– Tous les jeudis.

– Ah ?

Est-ce que ça pouvait signifier quelque chose ? Est-ce que cette bonne femme, là devant lui, était l'auteur et essayait de couvrir son mari ? Non, c'était absurde. Et McGuire qui n'arrivait toujours pas.

– On dirait que Johnny a été retardé, commenta-t-elle fort à propos comme Olson venait de finir son thé.

– Vous ne savez pas où je peux le joindre ? C'est assez urgent. Assez important.

– Rien de grave, j'espère.

– Euh… non. Mais ça presse.

– Vous voulez que je lui dise de vous contacter quand il rentrera ?

Ça voulait dire : « Foutez le camp », et ça ne lui laissait pas beaucoup de choix.

– Oui, mais dites-lui de se dépêcher. Je vous en supplie.

En entendant ces derniers mots exprimés sur un ton si pressant, elle conclut que ce n'était peut-être pas une histoire d'argent et que c'était sans doute plus grave.

La veille, il avait tout fait pour démontrer à Bollington qu'on ne pouvait pas être sûr de la culpabilité de McGuire. L'autre bougonnait en guise de réponse : « Oui, mais quand même. » On avait l'impression qu'il voulait flinguer McGuire pour une autre raison encore que cette histoire de bouquin et d'écrivain mouchard. Et Bollington paraissait en plus sûr de lui, ce qui n'était pas forcément bon signe. Personnellement, il n'en avait rien à foutre que McGuire se fasse flinguer par l'autre imbécile. Le problème était que Bollington se ferait prendre s'il agissait seul, ça ne faisait pas le moindre doute, et il était capable de raconter ensuite à la police comment on en était arrivés là. Bollington avait fini par donner l'impression qu'il serait prêt à attendre, mais Olson ne lui faisait toujours pas confiance. Alexandra Bollington avait disparu. Il se disait bien qu'il aurait été préférable de la prévenir. Et maintenant, il apprenait que la femme de McGuire et Oriel se connaissaient. Il essayait de tirer les conclusions possibles de cette situation impensable, mais il n'y arrivait pas. Il songea à nouveau à Laura McGuire. Comment aurait-elle pu apprendre qu'il avait posé la bombe qui avait tué le Dr Gordon ? Par les Bollington. Ils s'étaient fréquentés, puisque c'était grâce à cela que Bollington avait en partie escroqué McGuire. Et est-ce que les Bollington auraient confié à leurs nouveaux « amis » leurs engagements passés auprès de l'IRA ? Peu probable. Mais en admettant… Comment aurait-elle su l'histoire de Carter ? Par Sue Brimmington-Smythe, qui connaissait Spencer. À moins que McGuire lui-même n'ait connu Spencer et n'ait donné le nom de Sue Brimmington-Smythe comme sa source pour les aiguiller sur une fausse piste. D'ailleurs s'il avait fréquenté Spencer, ça expliquerait peut-être son attitude cette nuit-là. Pleurs et vomissements, c'en était pitoyable. Ça expliquerait aussi pourquoi il n'apparaissait pas dans le deuxième livre comme un assassin et… c'était à croire que ce connard de Bollington avait raison. Ahurissant. Et dans ce cas-là, évidemment, tout ce qui concernait personnellement McGuire dans le premier livre était faux, y compris l'histoire de l'argent volé à sa femme. Il aurait bien aimé connaître cette Sue Brimmington-Smythe qui revenait à chaque fois comme un écho et lui demander par exemple quel type de rapports elle avait eus exactement avec Spencer. Car on n'avait que le témoignage de McGuire là-dessus. D'ailleurs, non… c'était Carter qui avait lâché ce nom, et McGuire n'avait pas protesté. Peut-être que c'était faux. Peut-être qu'ils étaient ensemble sur ce coup-là.

– Richard ?

– Oui, Marie ?

– Viens me parler.

Il monta les escaliers avec un soupir. La porte grinça quand il l'entrouvrit. Elle était là, au milieu des coussins, le visage jaune, des cernes bleus sous les yeux. À force de mimer la maladie, enfermée entre quatre murs, elle avait fini par en prendre l'apparence. Elle esquissa un soupir pitoyable, qui ne parvint cependant pas à susciter la moindre pitié en lui.

– Tu avais de la visite, Richard ?

– Juste la femme d'une connaissance. Une Anglaise qui…

– Oh, vous autres Anglais, toujours entre vous. Comme dans un club. Tu ne reçois plus tes amis le soir, comme avant. Pourquoi, Richard ? C'est dommage, je pensais que ça te faisait du bien, de voir des gens. Ça te changeait un peu de ma compagnie, je sais que ce n'est pas drôle.

En effet, songea-t-il, sans oser exprimer sa pensée.

– Qui est cette dame ? demanda-t-elle.

– Lady Bollington, répondit-il d'un air satisfait, même s'il savait qu'il n'y avait pas de quoi. La femme de lord Bollington. Un des amis qui venaient euh… jouer aux cartes justement.

– Ah oui, j'en ai entendu parler par mon frère.

– Par ton frère ?

– Oui, ils sont très catholiques, tu sais, Richard. Lord et lady Bollington vont à la messe tous les dimanches.

Le ton avec lequel elle prononçait ces mots. Tout ce respect. Si elle savait, la pauvre. Il avait envie d'éclater de rire.

– Tu ne m'en veux pas de te poser des questions sur

tes amis, Richard ? Je ne voudrais pas te paraître indiscrète.

– Dis-moi, Marie, il y a une question que je souhaiterais te poser.

Elle haussa les sourcils. En attente.

– Chez les catholiques, euh…

– Oui, Richard ?

– Quand on confesse ses euh…

– Péchés ?

– Oui, voilà. Quand on confesse ses péchés, est-ce qu'on dit vraiment absolument tout ?

– Quelle drôle de question, Richard !

– Oui, je sais, c'est un peu – comment dire – … mais vois-tu, depuis que je fréquente euh… lord et lady Bollington, ces questions m'intéressent.

– Tu les fréquentes encore ?

– Plus ou moins. Tu as bien vu qu'elle est venue me voir hier, donc… mais est-ce que tu pourrais répondre à cette question ?

– C'est étonnant, quand nous nous sommes mariés, Richard, tu ne t'y intéressais pas le moins du monde. Je me rappelle que tu te lançais parfois dans des diatribes…

– Peu importe. Ça m'intéresse maintenant.

– C'est curieux.

Il serra les mâchoires, il avait envie de hurler : « Vas-tu répondre à ma question, ou je te tue ! »

– Oui, bon, alors ?

– Comment pourrais-je te répondre, Richard ? Tout le monde n'est pas forcément honnête, parfois les gens ont peur d'avouer aux prêtres certaines choses honteuses. Je ne sais pas…

– Et toi ? Quand tu te confesses à ton frère.

– Techniquement, on ne peut pas dire que c'est à mon frère que…

– Oui, mais est-ce que tu lui dis tout ?

– Enfin, Richard ! (Elle trouvait à présent la force d'élever la voix.) Tu comprends bien que je ne peux pas te répondre.

L'inspiration lui était venue tout d'un coup. Est-ce que Bollington était capable de confesser ses crimes, et ceux des autres pendant qu'il y était, à son beau-frère ? Il en avait des frissons dans le dos. Parce que si c'était le cas, la liste des gens qu'il avait à supprimer s'allongeait encore. C'était sans fin.

– Mais un prêtre n'a pas le droit de rapporter à d'autres les confessions de ses euh…

– Bien sûr que non, Richard. Tu ne sais pas ça ?

La conclusion de cette petite entrevue n'en était pas moins qu'il fallait vérifier auprès d'Alexandra Bollington, aussi incroyable que cela puisse paraître.

Le bruit immédiatement reconnaissable de la voiture, c'est Johnny qui revient. Ce bruit de moteur… qu'elle entend tous les jours, c'est un peu la musique qui suffirait à résumer son monde, une symphonie quotidienne qui, dans les mineurs et les graves, les aigus et les majeurs, fournit la bande originale de leurs jours, à laquelle répondent les cris des gosses, les pleurs, les aboiements. Un monde de bruits qui se répètent jusqu'à ce que le sommeil fasse taire tout le monde et toute la campagne.

Laura McGuire était à l'étage, occupée à coucher les enfants. Elle regarda sa montre, même si elle savait l'heure pour avoir consulté à peine dix minutes auparavant la pendule de la cuisine, que d'ailleurs elle n'aimait pas et qu'elle voulait remplacer.

Elle passait de la chambre des petits à celle des grands lorsqu'elle entendit les pas de Johnny dans le couloir en bas.

– Johnny ?

– Oui ?

Une voix rendue hésitante par l'alcool. Mais peu importe. Il était dans la cuisine et, tout en se servant à boire, lui criait :

– Laura ? Est-ce que tu as parlé à quelqu'un ici en Dordogne de ce qui s'est passé avec l'argent ?

– Ça n'a aucune importance.

– Peut-être mais je voudrais que tu me le dises, quand même…

Elle poussa un soupir. Elle savait forcément ce qui l'attendait. Encore une soirée d'ivresse où il demanderait le pardon qu'elle lui avait déjà accordé. Il allait s'accabler de reproches. Lui dire que s'il avait su… qu'il avait cru agir pour le mieux… qu'il ne referait jamais une chose pareille… et elle devrait se retenir de lui dire que comme tout l'argent y était passé il y avait peu de chances pour qu'il remette ça.

Ce qu'elle ne savait pas, c'était qu'il revenait de Périgueux, où il avait vu en vitrine le deuxième livre de l'auteur qu'il croyait avoir tué, et qu'il l'avait acheté et lu dans un café du cours Montaigne. Il n'avait d'ailleurs pas apprécié les passages dans lesquels on le voyait autant pleurnicher. Tout en lisant, il s'était saoulé à la Suze. Pourquoi à la Suze ? Il aurait été incapable de le dire.

– Attends, je me lave les mains, je descends, cria-t-elle depuis la petite salle de bains à l'étage.

– Alors, tu en as parlé à quelqu'un ?

C'était incroyable.

– Oh Johnny ! Oui, juste à une personne. Qu'est-ce que ça peut faire ?

– Qui ?

– Attends, j'arrive.

Elle se savonna les mains comme elle ne l'avait encore jamais fait. Elle redoutait ce moment. La consternation, la colère, et tout le reste. Il allait lui dire que dans cette région les gens parlent, parce qu'ils n'ont rien d'autre à faire, et c'était vrai. Qu'il aurait honte de se montrer, et qu'il ne supportait pas que des gens connaissent ses secrets sans qu'il le sache lui-même, que c'était humiliant. Et il n'aurait pas entièrement tort.

Elle entendit des pas sur le chemin de terre à l'extérieur. Les cailloux crissaient sous de grosses semelles. Il était sorti dans la cour en l'attendant.

– J'arrive ! cria-t-elle encore en se décidant enfin à se sécher les mains sur la petite serviette.

Pour toute réponse, elle entendit un épouvantable fracas. Comme un coup de tonnerre, mais beaucoup plus sec, plus court, inhabituel. Puis quelqu'un qui s'éloigne en courant, un bruit de course. Tous ces bruits, une autre musique… suivie par le silence, qu'accentuait encore une petite voix sortant d'une des chambres et qui appelait : « Maman ! Maman ! », répondant à la voix inquiète de Laura McGuire qui criait : « Johnny ! Johnny ! »

Johnny était mort, recroquevillé à côté de l'évier, dans l'inévitable mare de sang.

12

– Je voudrais aller à la messe.

– Pardon ?

– Vous êtes catholique, il me semble, je voudrais aller à la messe. Et vous poser certaines questions.

– Vous avez trouvé la foi ?

– Juste quelques questions, j'ai quelques doutes justement, et je cherche des réponses. J'ai pensé les trouver à l'Église, figurez-vous.

Alexandra Bollington ne put s'empêcher de sourire car rien ne la distrayait plus que le spectacle de l'hypocrisie, y compris la sienne propre, et elle trouvait que Carter en faisait une démonstration tout à fait spectaculaire, et sans en être dupe lui-même.

– Oriel ! Oriel !

C'était merveilleux comme elle n'était jamais là quand il revenait. Au moins une bonne chose. En revanche, Bollington continuait à l'inquiéter. Il n'était plus le même homme depuis la nuit où ils avaient tué Spencer. Olson sentait qu'il arrivait à l'aboutissement d'une lente évolution. Bollington était devenu un tueur. La soirée lui avait plu. Six mois auparavant. Et il fallait absolument prévenir McGuire. Parce que Olson avait compris que Bollington basculait définitivement dans la folie qui le guettait depuis le jour où ses parents l'avaient déposé sur les marches de son école privée dans le Sussex.

McGuire n'avait pas appelé. Il se demanda si sa femme lui avait transmis le message. Et il n'osait pas retourner sur les lieux. On ne répondait pas au téléphone, c'était à devenir fou. Il pensait tout de même avoir encore du temps devant lui. Les mêmes pensées revenaient sans cesse, qui résumaient toute la situation. Peu lui importait si McGuire se faisait flinguer, il était tellement évident que Bollington ferait mal les choses et qu'on aurait ensuite affaire aux gendarmes : il fallait empêcher ça et mettre en garde McGuire.

En attendant, il avait décidé d'aller rendre visite à cette Brimmington-Smythe qui revenait chaque fois dans la conversation et qui connaissait tout le monde, sauf lui-même.

Elle était en larmes devant la table de sa cuisine, sur laquelle était posée une bouteille de vin rouge à moitié vide. Olson crut d'abord qu'elle était ivre morte. Dix heures du matin. Un peu tôt mais on avait déjà vu ça chez ses compatriotes de Dordogne. Entre le vin et les larmes, il sentait bien qu'il aurait mieux valu remettre la conversation à plus tard.

Il avait pénétré dans le hall, s'était avancé plutôt timidement jusqu'à la porte de la cuisine, et l'avait trouvée là. Elle ne l'avait pas encore entendu. Il était resté un instant à se demander s'il fallait se racler la gorge, se manifester d'une façon ou d'une autre. Il n'arrivait toujours pas à rebrousser chemin, parce que ce spectacle ne correspondait pas à ce qu'il avait entendu dire de cette femme. Tout d'un coup, elle releva la tête et étouffa un cri en le voyant ; elle avait eu peur, et cette peur se transmit à lui à travers le regard qu'ils échangèrent. Il en avait eu l'intuition au moment même où il l'avait aperçue : un événement effrayant était survenu ; un pressentiment, une ombre au fond de son esprit ou un tremblement à peine perceptible au creux de son estomac. Il se demandait si ces larmes n'étaient pas la suite logique de cet enchaînement de faits qui avait démarré six mois auparavant et auquel il avait contribué, même si elle ne le savait pas. Et maintenant, cette femme le regardait comme un assassin entré par effraction dans sa cuisine et lui donnait la certitude que son intuition avait été juste.

– Excusez-moi, dit-il.

Ces deux mots suffirent à ramener un semblant de normalité entre eux. Une demi-seconde de protocole, qui lui permit de continuer :

– Je m'appelle Olson, je vois que je vous dérange, je vais repartir.

Elle s'essuya les yeux, remarqua la bouteille sur la table à côté du verre vide et, par réflexe, elle voulut se montrer digne devant cet inconnu pour ne pas le laisser croire qu'il avait affaire à une alcoolique qui se saoulait toute seule à dix heures du matin.

– Excusez-moi, dit-elle à son tour. Je ne vais pas très bien. J'ai appris la mort d'un ami. C'est atroce, il est mort hier soir, assassiné. Un coup de fusil. Vous le connaissiez peut-être, il vivait dans la région. Johnny McGuire.

Carter était désormais convaincu que la clef de la situation se trouvait à la messe. En conséquence, il se renseigna sur les offices en évitant de parler à sa femme. Il espérait ainsi pouvoir surprendre son beau-frère, le coincer à la sortie d'un confessionnal, par exemple – quelque chose comme ça –, il n'en avait pas encore une idée très claire. Seulement, il allait devoir y aller seul. Alexandra Bollington lui avait expliqué qu'elle faisait toujours dire des messes dans la petite chapelle du manoir et qu'elle évitait autant que possible de se mêler au reste des fidèles. L'idée déplaisait à Carter, il avait assisté à un service religieux pour la dernière fois au moins quarante ans auparavant – non, plus – et c'était dans la chapelle anglicane de son école privée. Il pensait bien que chez les catholiques ça serait autre chose. Beaucoup plus compliqué, même s'il savait pour l'avoir vaguement lu dans les journaux que là aussi, il y avait eu du changement. Peut-être que dans la foule on ne le remarquerait pas ; il se contenterait de remuer les lèvres en prenant un air inspiré, tête baissée, et il se lèverait et s'assiérait avec un temps de retard sur la congrégation. On pourrait toujours mettre ça sur le compte des rhumatismes.

Il fallait se renseigner sur l'heure et le lieu de la messe. Mais il ne voulait pas en parler à sa femme. Il ne voulait même pas que son beau-frère soit prévenu ou le remarque. Il allait devoir arriver dans l'église en avance et se cacher derrière un pilier. Il y avait toujours des piliers dans les églises.

« Je sors ! » cria-t-il à travers le plancher à l'intention de son épouse. Elle ne répondit pas. Il hésita quelques instants. Fallait-il monter pour expliquer qu'il devait s'absenter, un peu comme s'il en attendait la permission ? Ou faire preuve de maturité, de virilité même, prendre son manteau et aller au café comme les autres hommes ? Il opta finalement pour cette solution, mais en sentant quand même une boule au creux de l'estomac comme s'il faisait l'école buissonnière. L'église était fermée, il n'y avait pas d'horaires sur la porte, contrairement aux cinémas. Il décida qu'un café serait le meilleur endroit.

Il choisit une adresse plus traditionnelle que les autres, avec des tables en bois. Il n'aurait su dire pourquoi, il avait le sentiment que l'idée de la messe s'alliait mieux à un décor rustique qu'à un café avec des flippers et des billets de tac-o-tac. Il traîna au hasard dans Thiviers et trouva un établissement qui correspondait à peu près à ce qu'il cherchait. Mais quand il demanda dans son français un peu hésitant où aurait lieu la prochaine messe, on lui rit au nez, car le patron était un radical socialiste qui haïssait les curés. Il eut droit à un échange de plaisanteries entre les clients. Un gros qui était assis devant un Picon-bière se mit à crier : « Je l'ai vu le curé l'autre jour, il m'a dit : "Pourquoi que tu ne viens pas à la messe ? T'as peur que le toit, il te tombe sur la tête ? – Hé ben oui", que je lui ai répondu. » Un autre renchérit et, faisant mine de se signer, il déclara : « Moi j'ai dit au curé : "Je fais travailler celui-là (il avait porté trois doigts à son front) pour nourrir celui-là (les doigts étaient descendus au niveau de l'estomac) sans faire travailler ces deux-là" », et ses doigts s'étaient posés sur ses épaules l'une après l'autre. C'était une plaisanterie qu'ils avaient tous entendue cent fois, mais ils éclatèrent de rire. Carter y répondit par un petit sourire crispé et des hochements de tête. Il commanda un verre de vin blanc qu'il but au bar à petites gorgées rapides, en tournant le dos à la salle. Il entendait encore des éclats de voix, mais il n'arrivait pas à savoir si on se moquait de lui ou s'ils étaient passés à autre chose. Il avait le dos voûté, les sourcils froncés. Carter ne s'était jamais senti aussi vieux. Il hésitait maintenant à entrer dans un deuxième café, sûr qu'il allait avoir droit à la même scène. Il rentra chez lui.

Olson resta quelques instants au volant de sa voiture, tête baissée. Il n'arrivait pas à y croire. Inutile de se demander qui avait assassiné McGuire. Et cette évidence commençait à l'effrayer. Il se frotta le visage à deux mains, comme s'il se lavait à l'eau froide, puis il démarra.

C'était sûr maintenant, inévitable. Bollington allait se faire arrêter pour le meurtre de McGuire, et il allait tout raconter à la police depuis le début. Olson avait le front moite. Il remontait la route Napoléon, parfaitement droite, et traversait Sorges, capitale de la truffe, en direction de Thiviers. Il ne voulait pas prendre une des routes perpendiculaires, trop sinueuses, il avait besoin de symétrie pour réfléchir.

Est-ce que Carter était au courant ? Il fallait aller le voir, lui en parler ; il en savait peut-être plus. Il aurait voulu poser mille questions à Brimmington-Smythe, mais ce n'était pas le moment. D'abord elle était en larmes, ensuite, il n'était même pas censé connaître McGuire. McGuire… À ce moment-là, Olson eut une pensée émue. Six gosses ! Merde ! Et qu'est-ce qu'on allait faire de l'autre, à présent ? Bollington ?

Il s'était présenté en avance pour trouver une place à l'abri, en quelque sorte. Pour les horaires de la messe, il s'était finalement adressé à la mercière. Il avait vu dans son apparence quelque chose de particulièrement catholique qu'il aurait eu du mal à définir, mais il ne s'était pas trompé. Peut-être était-ce à force de vivre au milieu de tous ces Français qu'il avait acquis ces réflexes anthropologiques. La mercière lui avait expliqué qu'il y avait une messe à Saint-Jean à neuf heures et une autre à Saint-Pierre à onze heures. Elle lui avait expliqué à demi-mot qu'il ferait mieux d'aller à Saint-Jean, le public étant plus choisi. De toute manière c'était le même curé qui officiait. C'était un sujet qu'elle trouvait plutôt enthousiasmant et il crut un moment qu'il allait rester coincé là toute la matinée, à faire des sourires dévots en attendant qu'on lui donne la bobine de fil qu'il s'était senti obligé d'acheter et qui ne lui servirait à rien. Il savait que son beau-frère ne disait pas la messe à Thiviers. Ce serait donc Saint-Jean et Saint-Pierre. Peu lui importait que l'église de Saint-Jean soit mieux fréquentée et que l'endroit soit plus agréable, sans compter un bon restaurant sur la place où il aurait pu déjeuner après ce pensum. Il conclut que s'il allait à Saint-Pierre il pourrait se lever plus tard.

Il y avait un nombre relativement important de voitures garées devant l'église. Quand il décida de se glisser à l'intérieur, il fut arrêté par un type assez jeune, vêtu d'un blouson et d'un pantalon de paysan, qui lui tendit une feuille ressemblant vaguement à un tract et lui demanda en l'accueillant plutôt chaleureusement s'il ne voulait pas faire une lecture. Carter bafouilla pour expliquer que ça lui serait difficile et l'autre comprit à son accent qu'il était inutile d'insister. Des tas de vieilles sortaient de leur voiture et se saluaient un peu comme les jours de marché à Thiviers. Mais il ne voyait toujours pas son beau-frère qui, semblait-il, aurait dû être là le premier. Une grappe de vieilles étaient en train de parler avec un petit homme chauve, encore plus petit que lui, qui leur répondait en roulant les « r ». Puis tout le monde entra dans l'église.

Il se plaça au fond, sur la gauche, debout, les mains croisées devant lui. Il n'y avait pas de pilier. Et en guise de foule, une dizaine de femmes, toutes regroupées devant, à droite. Carter était sûr que depuis l'autel on ne voyait que lui, occupant à lui seul la moitié de l'église. Il n'y avait pas d'autre homme, à part celui qu'il venait de croiser. Et en plus il s'était endimanché. Il se trouvait ridicule avec sa cravate et son costume et commençait à se demander ce qu'il était venu faire là. C'était toute l'histoire de sa vie. Se mettre dans des situations impossibles – il allait dire infernales – mais la nature du lieu le retint, et il le regretta. Deux meurtres à son actif, et un troisième en perpective.

Le petit homme apparaissait maintenant dans une chasuble verte, avec des espèces de passementeries dorées. Carter ne comprenait plus ce qui se passait. Visiblement, cet homme n'était pas là en remplacement de son beau-frère malade ou en vacances. Il expliqua que la messe serait dite pour un mort et il se tourna vers une des vieilles. Tout le monde s'était mis à marmonner. Carter baissait la tête d'un air inspiré, lançant de temps à autre un regard par en dessous pour observer les murs rongés d'humidité de l'église, les quelques statues en plâtre assez kitsch disposées ici et là et le curé qui levait la main comme un saint dans les tableaux de la Renaissance. Son beau-frère était probablement dans une autre paroisse. Il savait que ce n'était pas lui qui disait la messe à Thiviers, alors où ? En attendant, il était coincé là, il n'osait pas partir au milieu de l'office.

Il avait envie de se gratter la gorge, mais n'osa pas non plus. Malgré lui, l'écho des voix dans l'église lui inspirait une sorte de crainte qu'il n'aurait pas pu qualifier de « superstitieuse », mais le spectacle de la foi chez l'homme en vert et les vieilles le mettait mal à l'aise. En même temps, il s'ennuyait un peu. Quand la lecture de l'Évangile commença, il prêta l'oreille. « Il leur disait dans son enseignement : Gardez vous des scribes, qui aiment à se promener en robes longues et à être salués dans les places publiques ; qui recherchent les premiers sièges dans les synagogues et les premières places dans les festins ; qui dévorent les maisons des veuves, et qui font pour l'apparence de longues prières. Ils seront jugés plus sévèrement. » Formidable. Le Livre lui-même était en train de lui dire qu'il n'avait pas tort de vouloir se débarrasser d'un emmerdeur d'écrivain. Carter sentit alors son âme s'élever et, pour un peu, il aurait été tenté de se joindre au chœur des vieilles. De se confesser. D'être lavé de ses péchés.

Est-ce que la police pouvait établir le rapport entre la mort de Spencer et celle de McGuire ? Ça paraissait impossible. Olson espérait que Bollington aurait eu au moins le bon goût d'utiliser de la chevrotine, plutôt qu'une balle, trop facile à identifier et qui pourrait mener directement à l'assassin. Est-ce qu'il fallait prévenir Carter ? Non. Il fallait agir seul. Il en avait assez du travail d'équipe. D'ailleurs, c'était à se demander quel jeu jouait Carter exactement. Changer de pays ? Pouvait-il encore changer de pays ? Un catalogue d'agence de voyages lui passa dans la tête. L'Espagne, le Portugal ? Pas assez loin. L'Amérique latine, l'Inde ? L'Inde, ça plairait à Oriel : mystique et pas cher. Et puis avec tout ce monde, on ne le retrouverait pas facilement. Il se demanda ce qu'il était venu faire en Dordogne. C'était là qu'il aurait dû aller. Non, il ne fallait pas paniquer. Pour l'Inde, il devrait d'abord vendre la maison, se débarrasser de toutes ses affaires, et Oriel allait lui demander ce qui se passait tout d'un coup s'il rentrait chez lui en disant : « Fais ta valise, on part pour l'Inde. » Cette dernière réflexion lui rappela qu'il fallait se méfier d'Oriel ; elle avait lu le premier livre, elle commençait à avoir des doutes sur lui et quand elle apprendrait que McGuire s'était fait flinguer par Bollington, elle allait le soupçonner, lui, Olson. D'ailleurs était-ce bien Bollington ? Est-ce qu'il n'allait pas trop vite ? En tout cas, il tournait en rond, même sur cette ligne droite. Il avait besoin de s'arrêter, de prendre un verre. Le mouvement de la voiture l'empêchait de réfléchir, ses pensées se bousculaient. Il tourna à gauche en direction de Ligueux, la voie était plus étroite, il se sentit plus protégé, comme dissimulé par les arbres. Il ralentit, tourna encore à gauche, et à droite, au hasard, sans plus savoir du tout où il allait. Il aurait presque eu besoin d'un papier et d'un stylo pour dresser deux listes, celle des choses à faire, celle des choses à ne pas faire puis, en additionnant tout cela, il obtiendrait peut-être un ordre de mission.

Il avait failli commettre un faux pas au milieu de la messe, quand toutes les vieilles s'étaient levées pour s'embrasser. Il avait cru que c'était fini et avait fait mine de se diriger vers la porte. Il avait fini par comprendre que ça faisait partie du rite, et encore maintenant, il en était légèrement surpris. Au moins il se félicitait d'être resté à l'écart car l'idée de poser des baisers sur toutes ces joues fripées lui donnait des frissons dans le dos.

Il respira profondément pendant que les fidèles se remettaient au volant de leur voiture et remarqua sur la droite la terrasse d'un café qu'il n'avait encore jamais repéré. Il faisait trop froid pour boire dehors, il entra. Il fallait descendre deux marches pour se retrouver dans la salle, sur le vieux plancher de bois grisâtre qu'on devait laver à grande eau. Il n'y avait qu'une seule table, immense, qui traversait toute la salle dans sa longueur, et des bancs de chaque côté. Une odeur nauséabonde régnait sur l'endroit, ce n'était pas le parfum habituel de pastis et de tabac brun. Là, on avait plutôt l'impression de se retrouver chez quelqu'un. Il se gratta bruyamment la gorge pour signaler sa présence, et une vieille apparut, encore une, qui aurait aussi bien pu se trouver à la messe. Elle portait une robe à fleurs sombre d'une propreté douteuse et le regardait avec une sorte d'amusement qu'il ne s'expliquait pas. Elle était d'une maigreur affolante et ses doigts entrecroisés sur son ventre formaient un nœud de chair et de veines, rose, bleu et blanc. Elle avait les cheveux tirés en arrière et s'adressa à lui avec une élocution d'une surprenante élégance ; il se demanda si elle n'était pas la fille perdue d'une famille aristocratique ou bourgeoise. Il lui commanda une bière – même si c'était un peu tôt, il l'avait bien méritée –, et quand il la vit s'éloigner vers le réfrigérateur au fond de la pièce pour en sortir une bouteille, il comprit qu'elle était déjà saoule.

– Vous étiez à la messe ? demanda-t-elle en posant la bouteille sur l'immense table.

C'était évidemment le moment de se renseigner un peu plus sur la vie cléricale de la région.

– Oui, vous n'y allez pas, vous ?

– Oh non. J'allais au catéchisme quand j'étais petite. Mais c'est que le curé…

Elle haussa les sourcils, toujours avec son air amusé.

– Oui ?

– Fallait faire attention avec ce curé-là.

– Lequel ?

– Il est mort maintenant. C'était l'abbé Landreau.

– Ah bon ? Mais le nouveau curé…

– L'abbé Pozzi ?

– Pozzi ?

– Oui, il est italien. Il n'y a personne dans la région. Pas même en France, visiblement, pour dire la messe.

On avait presque l'impression qu'elle se retenait d'éclater de rire.

– Ah bon ? Mais euh… l'abbé, dit-il, devinant que c'était ainsi qu'il fallait désigner les curés, l'abbé Aubier ?

Cette fois-ci, elle ne put se contenir.

– Oh lui ? Ils l'appellent le *tabana* ici.

– Pardon ?

– Le *tabana*, répéta-t-elle en portant un doigt à sa tempe. Il est un peu comme ça.

– Je ne comprends pas.

– Vous le connaissez, Aubier ?

– On m'en a parlé ; j'ai cru que c'était lui le curé de la région, répondit Carter alors qu'il n'était pas encore très sûr d'avoir saisi ce qu'était un *tabana*.

Il s'agissait peut-être d'un sous-prêtre dans la hiérarchie catholique, il n'en savait rien. En tout cas, il était perplexe.

– Non, non, fit-elle. Il aurait voulu peut-être, je ne sais pas, moi. Il se promène en soutane, mais c'est tout. Une vocation manquée, conclut-elle en haussant les épaules.

Dans un premier temps, Carter refusa d'y croire. Pendant toutes ces années, un dingue lui avait mené une vie infernale au nom de la Sainte Église catholique, parce que lui était protestant, et athée en plus. Et tout ça avec la complicité de Marie, sa femme, et toute sa belle-famille. Elle savait que son frère n'était pas curé, forcément, et tous maintenaient cette illusion. Pas une seule fois, on ne lui avait dit que cette soutane n'était qu'un déguisement. Il en éprouvait presque une sorte de vertige. Il se sentait pris au milieu d'un immense complot familial. Et Bollington… Bollington qui faisait dire la messe par ce cinglé dans la chapelle de son manoir. Cet aspect-là de la situation lui donnait plutôt envie de rire. Mais si son beau-frère n'était pas curé, il était fou, et ça changeait tout. « Gardez-vous des scribes qui aiment à se promener en robes longues », avait dit l'abbé Pozzi. C'était son beau-frère qui avait écrit ces livres, son beau-frère qui se promenait effectivement en robe longue. Il était sûr que Bollington se confessait à lui et qu'il avait connu son histoire et celle d'Olson par ce moyen. Quant à la sienne propre, Marie avait dû la lui raconter, puisqu'elle savait qu'il avait été un jour inculpé pour meurtre. Ce qui était plus difficile à savoir, c'était comment il en était venu à apprendre les affaires de McGuire. Il y aurait sûrement une explication. La première personne à qui il fallait en parler était Bollington. Non, plutôt sa femme. Et avec, en plus, la perspective d'une rencontre plaisante.

– J'ai du travail là-derrière.

Il sursauta. C'était la vieille qui lui adressait la parole. Pendant quelques minutes, il en avait oublié qu'il était dans un café en train de boire une bière sous les yeux de cette femme un peu inquiétante qui était restée là dans la même position, sans rien dire.

– Vous êtes absolument certaine que l'abbé Aubier… que Aubier n'est pas vraiment curé ?

– Puisque je vous le dis. Je ne l'aurais pas inventé quand même.

– Oui, oui, non, excusez moi, c'est tellement étonnant, je ne savais pas.

Elle haussa les épaules et repartit boire un verre de blanc en douce après avoir encaissé la consommation de Carter.

Dans un sens c'était formidable. Ce type haïssable, ce menteur qui passait sa vie à révéler les petitesses des autres était le prochain sur la liste. « Méfiez-vous des scribes et des robes longues », songea Carter, déformant légèrement les saintes écritures. En effet. C'était lui, Carter, qui allait leur faire l'homélie cette fois.

Oriel poussa la porte de la maison avec une extrême lenteur. C'était pourtant chez elle, c'était là qu'elle avait vécu, mais chaque meuble recelait une menace. Tout ce monde lui paraissait soudain étranger, elle avait du mal à croire qu'elle avait pu passer toutes ces années entre ces murs, dans un pays étranger, et elle décida qu'elle allait maintenant rentrer, retourner en Angleterre, ouvrir un magasin bio, partager une maison à Clapham, à Hackney, à Camden, avec un prof de yoga et une spécialiste de fen-shui, n'importe quoi, mais échapper à cette nature qui incitait à la violence et au meurtre. Elle aurait des fleurs dans un pot et ça suffirait largement.

Depuis quinze jours, elle vivait chez Helen, qui vivait avec Dave. Elle savait qu'elle était la bienvenue, mais il lui était arrivé d'interrompre des conversations en se présentant dans le salon. Elle savait qu'en deux semaines sa présence avait fini par devenir pesante malgré tous ses efforts pour préserver l'intimité de ses hôtes. Ces derniers soirs, autour de la table, ils n'avaient parlé que d'une chose : la nouvelle de la mort de McGuire. Ils étaient tous consternés, mais ça les excitait forcément un peu. Il avait quand même été tué avec un fusil. Assassiné, comme dans un roman, finalement. Et l'hiver en Dordogne, il se passe suffisamment peu de choses pour qu'on espère de temps à autre que la vie se mette à ressembler à un roman.

Toutefois, Oriel était plus mal à l'aise que les autres parce qu'elle ne pouvait s'empêcher de soupçonner que son compagnon ait eu quelque chose à voir avec ça. Elle participait donc moins aux conversations et n'offrait que peu de suppositions et de déductions quant à ce qui était arrivé à Johnny McGuire, qu'elle connaissait à peine par ailleurs. Elle savait quand même qu'il avait six enfants. Elle connaissait Laura McGuire, qui venait parfois peindre à l'atelier. Et Oriel, qui aurait voulu avoir des enfants, s'était parfois surprise à envier cette femme.

Elle prêtait l'oreille, au cas où Mark serait revenu subrepticement. L'absence de la voiture lui avait indiqué qu'il n'était pas là, mais elle avait peur. S'il s'était rendu compte qu'elle avait passé ces derniers jours chez Helen… Elle osait à peine imaginer la scène, les hurlements, les assiettes qui se seraient mises à voler dans la cuisine d'Helen quand il serait revenu la chercher. Ce en quoi elle se trompait totalement : ses absences ne dérangeaient en rien son mari, mais peut-être aimait-elle se bercer de cette illusion pour satisfaire un reste de vanité. Ce qui demeurait stupéfiant, c'était d'avoir vécu toutes ces années avec un homme sans avoir la moindre intuition de ce qu'il était vraiment. Un tueur non violent.

Elle monta dans sa chambre, ouvrit l'armoire et inspecta sa garde-robe. Il n'y avait rien à sauver. Elle était quasiment certaine qu'elle ne pourrait jamais s'habiller comme ça, ni à Camden, ni à Hackney, ni à Clapham. Elle s'en voulut d'être revenue chez elle. Pour ramener quoi ? Rien de ce qu'elle possédait n'avait la moindre valeur. Quel était l'instinct absurde qui l'avait attiré à nouveau dans cette tanière où elle risquait de se faire tabasser ?

Elle se demanda alors si elle ne trouverait pas quelque chose à emporter dans les affaires de Mark. Peut-être qu'il cachait de l'argent, par exemple. Elle se mit à fouiller frénétiquement, vidant et renversant les tiroirs, en jetant les vêtements à même le sol et en se disant que ça devenait une véritable maladie chez elle, cette habitude de tout balancer dans les pièces de cette bergerie infecte.

Il y avait un grand tiroir qu'on n'ouvrait jamais sous l'armoire années quarante hideuse qu'on avait achetée avec l'intention de la peindre de motifs fleuris un jour. Elle y trouva des tas de vieux vêtements chiffonnés ayant appartenu à Mark. Puis elle songea qu'ils n'avaient pas été rangés là mais qu'ils servaient plutôt à dissimuler un secret. Elle les sortit tous, plongea la main dans le tiroir et sentit au bout de ses doigts un objet dur et froid. Un fusil de chasse et une boîte de cartouches couvertes d'étiquettes et d'inscriptions qui pour elle, ne voulaient rien dire ou presque.

Et c'est à ce moment-là qu'elle entendit un bruit de moteur à l'extérieur.

Elle n'était pas dans son lit. Il était entré à pas feutrés, pour la surprendre, en se demandant tout de même s'il n'était pas coupable d'un excès d'obéissance aux habitudes du passé, quand il ne fallait pas la déranger, quand il fallait encore faire semblant de croire à sa maladie, à ses faiblesses et à tout le reste.

Il n'en reste pas moins qu'il fut stupéfait de ne pas la trouver entre ses draps. Un bruit de chasse d'eau, puis des pas qu'il jugea énergiques. Elle revenait. Elle ne l'avait pas entendu, il avait été bien inspiré de monter aussi subrepticement. Il observa le bouton en porcelaine de la porte qui tournait lentement tandis qu'elle s'ouvrait.

Carter s'était précipité dans un fauteuil et avait croisé les jambes, se donnant l'air de quelqu'un de parfaitement calme, maîtrisé, une sorte de héros de l'ombre capable de se déplacer partout sans se faire entendre et de surgir au moment le plus inattendu dans les endroits les plus surprenants. Il avait rencontré des personnages de ce genre dans ses lectures d'enfance. Sa mise en scène et son jeu devaient être assez réussis, car son épouse sursauta en le voyant là et s'écria : « Richard ! Oh mon Dieu ! Tu m'as fait peur ! » Il y avait de la colère dans sa voix, elle se reprit très vite, porta une main à sa poitrine en ramenant le haut de sa chemise de nuit, puis elle se pencha sur le côté et s'appuya au dossier d'une chaise, comme une héroïne du XIXe siècle cette fois, qui va défaillir d'un moment à l'autre. Elle aussi avait rencontré ça dans ses lectures, mais son imitation était bien moins convaincante que la performance de son époux. « Oh mon Dieu », répétait-elle d'un air geignard, faisant semblant d'être à bout de souffle. « Tu m'as fait une de ces peurs, Richard. Dans mon état, franchement. » Puis elle souriait comme pour adoucir le reproche et se demandait secrètement, non sans un certain agacement, pourquoi il ne se levait pas afin de venir l'aider et la soutenir jusqu'à sa couche de malade.

Il la regardait d'un air vaguement hautain, penché en arrière, avec un sourire sardonique, un tout petit peu excessif. Elle décida qu'il n'y avait rien à attendre de son mari et se dirigea vers le lit avec une lenteur exaspérante, puis elle s'allongea en produisant quelques mouvements de tête de droite et de gauche, très exagérés là encore.

– Où étais-tu, Richard ? s'enquit-elle d'une voix chevrotante.

– À la messe.

– Quoi ?

Elle s'était redressée d'un coup, raide comme un

piquet, la mâchoire serrée, et ce dernier mot était parti comme un coup de fusil claquant dans la pièce.

– Tu m'as entendu, Marie. À la messe.

– Qu'est-ce que tu faisais à la messe ?

– Je priais, voyons, répondit-il sur un ton onctueux, imitant son beau-frère avec talent. Qu'est-ce que tu voulais que je fasse d'autre, Marie ?

– C'est étrange, Richard, tu ne m'as jamais parlé de… de… de cet intérêt pour la foi. Tu avais besoin de parler à Dieu ?

– Plus ou moins.

Elle fronça les sourcils.

– Qu'est-ce que tu veux dire ?

Il ne répondit pas.

Elle reprit son air songeur et lissa les draps devant elle du plat de la main.

– Tu as vu des gens que nous connaissons, Richard ?

– Justement, non.

– Tu as bien dû reconnaître certaines personnes ? Jacqueline, tu sais… Jacqueline Dubuisson, elle va tous les dimanches à la messe à Thiviers, et aussi…

– Je n'étais pas à Thiviers.

– Ah bon ?

Il ne disait plus rien. Il attendait. Il voyait bien qu'elle avait enfin remarqué quelque chose d'anormal dans son attitude sans savoir quoi exactement, ou plutôt, elle hésitait encore à se l'avouer et à en reconnaître la cause. Mais il était prêt à parier qu'elle avait déjà compris de quoi il s'agissait. Et c'était tant mieux. Il avait le temps, il attendrait qu'elle pose les questions. Elle allait forcément tourner autour du pot et se demander si après toutes ces années de mariage il s'était enfin rendu compte que le frère curé n'était qu'un dingue auquel on passait toutes ses manies.

Elle le regarda d'un air doux et interrogateur. Toujours très faible, bien sûr. Elle voyait qu'il aurait mieux valu prendre une attitude plus énergique, parce que ses plaintes l'agaçaient, mais elle en était devenue incapable. Une si vieille habitude... Elle en était presque effrayée. Car elle venait seulement de s'en rendre compte, elle était comme paralysée, prisonnière de ce jeu, de ce mensonge auquel d'ailleurs elle avait cru elle-même en plus d'une occasion, et elle était maintenant forcée de le reconnaître.

– Pourquoi n'es-tu pas allé à Thiviers ? Où es-tu allé ?

– À Saint-Pierre, répondit-il. La paroisse de ton frère...

S'il tuait Bollington, il ne fallait pas utiliser une de ses armes. Il était donc inutile qu'il repasse à la maison. Olson décida qu'il avait besoin d'alcool, d'un peu d'alcool, juste une bière peut-être. Il en avait assez de conduire au hasard à travers ces routes de campagne. Trop de tournants ; cette fois, après la ligne droite, c'était son contraire qui l'empêchait de réfléchir.

Il se retrouva à proximité d'un village qu'il ne reconnut pas immédiatement car il n'était encore jamais venu par là, puis il comprit en arrivant au carrefour devant l'église qu'il était à Saint-Pierre. Il s'arrêta et décida qu'il irait boire un verre juste à côté. Il était en train de refermer la portière de sa voiture quand il vit passer un véhicule gris et crut reconnaître Carter au volant. Il songea qu'il s'était sûrement trompé. Mais cette soudaine apparition l'obligea à repenser à son ancien complice. Et il se demanda encore une fois s'il fallait d'abord le contacter. Non, Carter ne dirait rien. Il n'avait pas le temps. Divers scénarios sur la meilleure façon de se débarrasser de Bollington se succédaient dans son esprit, plus comme des films que des projets. Avec toujours à la fin cette même image de la grosse ordure se tordant de douleur dans son sang avant d'expirer. Quand ce qu'il imaginait ressemblait trop à un western, il tâchait de se ressaisir et de faire preuve de plus de réalisme. Il concluait alors qu'il ne fallait pas que Bollington sache qui le tuait. S'il survivait à ses blessures…

Bollington était dans son parc, il observait sa femme et son fils qui s'éloignaient en direction de la chapelle. Elle tenait le bras de Marmaduke. Il n'avait pas le cœur à se joindre à eux. Le prêtre était déjà là, il devait les attendre, puisqu'il avait vu sa voiture garée devant la maison. Bollington se demanda de quoi sa femme et son fils pouvaient bien parler. C'était peut-être même la première fois qu'il se posait cette question, avec le sentiment qu'il aurait dû le faire avant. Bien avant. Ils allaient d'un pas lent, dans cette allée bordée d'arbres, la lumière incertaine effaçait les détails de leurs vêtements, et ils auraient pu être deux personnages d'un passé lointain lui apparaissant soudain comme des spectres. C'était une image paisible qui l'effraya un peu car il se sentait à jamais banni du calme qui les entourait. Tout semblait se figer, on avait presque l'impression qu'ils n'atteindraient jamais la chapelle, un peu en retrait dans le parc par rapport au bâtiment principal. Et dans un deuxième temps, ces deux êtres lui inspirèrent une nouvelle peur, parce qu'il comprenait en les observant, sans pouvoir les entendre, que les paroles qu'ils avaient échangées lui avaient toujours été incompréhensibles. C'était comme si brusquement son fils disposait d'un pouvoir mystérieux dont il pouvait se servir contre lui pour toutes sortes de desseins malveillants. Dès lors, il lui apparaissait évident que malgré sa lâcheté et sa mollesse, ce fils gras et rêveur, plein de ressentiment, aurait un jour tout en main pour se venger de lui. Il crut alors qu'ils étaient en train de comploter, de trouver un moyen de se débarrasser de lui, de l'humilier. Il aurait pu se mettre à crier, les rejoindre, les brutaliser même. Mais tout cela eût été vain. Bollington éprouvait des remords, mais ce sentiment lui était si nouveau qu'il ne le reconnaissait pas. Il n'avait pas pleuré ainsi sur son propre sort depuis tellement longtemps, sans doute depuis ses années d'école.

13

– Tu sais que je pourrais t'étouffer sous ton oreiller, Marie ?

Elle tremblait, ses mains osseuses s'agitaient nerveusement sur son mouchoir blanc. Mais cette fois, elle ne mimait pas. Elle en aurait été incapable. C'était elle qui avait peur maintenant. Il lui avait tout dit. Il s'était même répété à une ou deux reprises. Comme un ivrogne qui se grise de ses paroles. Il avait trouvé un réel plaisir à lui montrer qu'il avait enfin compris. À lui faire des reproches justifiés sur ses mensonges. À insulter son frère sans qu'elle puisse lui répondre quoi que ce soit. Parce qu'il avait raison et elle avait tort. Un délice qu'il n'avait goûté que trop rarement. Et il était décidé à en faire un festin.

– Je pourrais t'étouffer sous ton oreiller, Marie, dit-il encore une fois en quittant son fauteuil.

Et il voyait aux regards qu'elle lui lançait qu'elle l'en croyait capable.

Il fallait que ça se passe un dimanche, parce que le gros Albert était en congé et ne traînait pas dans la propriété. On était dimanche aujourd'hui. Et on ne pouvait pas attendre une semaine. On pouvait aussi envisager d'agir au milieu de la nuit. Mais ce n'était pas facile. Avec les chiens qui se mettraient à gueuler. On ne prête pas attention à des aboiements le jour comme on le ferait la nuit. Et puis sous ce ciel gris, songea

Olson en levant les yeux, on a parfois l'impression qu'il ne fait jamais vraiment jour.

Il s'arrêta devant la grille. Puis après réflexion décida d'entrer dans la propriété, il ne fallait pas qu'on aperçoive son véhicule depuis la route puisqu'il y aurait ensuite une enquête. Il ne fallait pas non plus qu'on le voie approcher depuis la maison.

Il n'allait pas discuter avec Bollington, il n'allait pas lui demander ce qui s'était passé exactement, pourquoi il avait flingué McGuire et tout le reste. Il allait le tuer. Avec l'une de ses armes. Olson savait où se trouvait l'arsenal de Bollington. C'était la meilleure solution. Il ne pouvait pas l'étrangler, ni le poignarder, il voulait une arme à feu. S'il avait de la chance, il trouverait une arme de poing et maquillerait le meurtre en suicide, même très vaguement. Ça suffirait. Et puis Olson imaginait bien Alexandra Bollington expliquant la larme à l'œil que son mari était dépressif et qu'il avait traversé récemment des périodes des plus noires. Comme elle était la maîtresse du médecin, celui-ci pourrait confirmer que le défunt prenait des antidépresseurs, et qu'avec ces médicaments, bien sûr…

Ce fut à ce moment là qu'il le vit. Il était au-delà de la maison, le manoir comme il disait, et il observait deux silhouettes au loin, qui marchaient en se donnant le bras à environ une centaine de mètres. Ils se dirigeaient vers la chapelle. Et Bollington les suivait, tête basse, comme un enfant puni.

Elle savait qu'il avait été un jour accusé de meurtre. Il le lui avait dit lui-même. Et cette lueur qu'il avait dans le regard était en train de convaincre Marie Carter qu'elle avait eu tort de trouver ce détail de son existence excitant. Elle se rappela à ce moment-là, comme la première fois qu'elle s'était retrouvée au lit avec lui, en Angleterre, avant leur mariage, que cette pensée lui avait traversé l'esprit tandis qu'elle sentait ses mains sur son corps. Elle couchait avec un homme qui avait tué. Pas comme un soldat au milieu d'une bataille, comme un criminel. Comme un homme qui s'était mis en dehors la loi et à l'écart de tous, qui ne verrait plus jamais le monde de la même façon. Et elle, elle s'offrait à lui. Elle n'avait jamais demandé de détails sur le meurtre qu'il avait commis dans le passé. Des détails techniques. Parce qu'elle savait qu'il aurait refusé de lui en donner, même quand il était saoul. En revanche, il avait parlé de ses démêlés avec la police, avait évoqué les cellules grises et les bureaux métalliques, l'agressivité, les insultes parfois, et quand elle avait entendu ces récits elle s'était sentie partagée entre un sentiment maternel et attendri, et d'autre part une admiration qui la surprenait elle-même. D'autant plus que s'il s'était toujours présenté comme innocent, elle ne l'avait jamais cru. Elle n'avait jamais voulu le croire parce que secrètement, elle préférait aimer un assassin habile qui s'en était sorti en se montrant plus fort que tous, plutôt que la victime d'une erreur qui n'a plus aucun contrôle sur son destin.

Puis avec le temps, ce souvenir était devenu une abstraction et lui, un petit monsieur triste, allant dans les rues de Thiviers. Sauf qu'aujourd'hui, à ce moment précis, il semblait retrouver ce qui l'avait excitée à l'époque.

Lui aussi remarqua que son regard se modifiait, mais il ne parvenait pas vraiment à comprendre ce qui venait d'allumer cette lueur dans ses yeux. Elle souriait toujours, mais l'expression de son visage avait perdu de sa mollesse. Elle paraissait soudain plus jeune. Et la chambre même ne dégageait plus une atmosphère de maladie, il avait l'impression qu'elle attendait une explosion de violence avec une sorte d'impatience obscène.

Puis comme dans un mélodrame, parce que cette maison du XIXe si française se prêtait au genre, ils entendirent la porte d'entrée qui s'ouvrait, qui se refermait, et des pas dans l'escalier. Des pas d'hommes, rapides, énergiques. Ils échangèrent un regard. Elle savait de qui il s'agissait. Et elle le regardait d'un air ironique parce qu'elle voyait qu'il n'avait pas encore compris.

Le médecin entra dans la chambre sans même avoir frappé.

– Qui vous a permis ?

C'était Carter qui avait posé cette question, et l'autre resta interdit. On ne savait pas si c'était la présence du maître de maison ou le ton qu'il avait employé qui l'étonnait le plus.

– Excusez-moi, je... je suis venu tout de suite. J'ai une nouvelle...

– Vous n'avez pas sonné. Comment êtes-vous entré ?

Carter le savait, il voulait simplement embarrasser le médecin. Un sourire se dessina sur son visage tandis qu'il se demandait si ce n'était pas un imposteur lui aussi, un faux médecin. Après le faux prêtre, il s'attendait à tout.

– Monsieur le Docteur a la clef, fit Marie.

– Et pourquoi ?

– Ne sois pas idiot. Je l'ai déjà dit, tu sais que je suis malade et tu n'es pas tout le temps là, je n'ai pas la force de me lever, descendre pour aller ouvrir et encore...

– Oui, oui, ça va, ça va.

– Il y a un problème ? demanda le médecin, qui n'avait jamais vu Carter aussi ouvertement agressif.

– Je vous ai dit que ça va. Alors votre nouvelle maintenant ?

– C'est terrible, dit-il, maniant le cliché avec une certaine théâtralité. Johnny McGuire est mort. Assassiné.

Carter crut qu'il avait mal entendu. Il répéta en bégayant le nom de McGuire. Puis il eut l'impression que l'air dans ses poumons se transformait en un caillou. Il fit un pas en arrière et se laissa retomber sur le fauteuil plutôt qu'il ne s'assit.

Quand il entra dans la chapelle, Bollington ne vit pas sa femme, ni le prêtre. Marmaduke était là sur le côté, agenouillé devant une statue en plâtre polychrome sans aucun intérêt. Une vieille bondieuserie sans valeur, un peu écœurante, exactement le genre de choses qui satisfaisait les goûts compliqués de cet adolescent. Il se retourna tout d'un coup, et resta comme interloqué. Il avait les yeux exorbités, ses lèvres épaisses et légèrement humides tremblaient. Il regardait son père avec des yeux écarquillés dans lesquels se lisait une telle peur qu'elle se communiqua à Bollington sans qu'il sache pourquoi.

– Marmaduke ?

– Oui, papa ?

– Tu n'es pas avec ta mère ?

– Non.

– Où est-elle ?

– Je ne sais pas.

Il lui parlait avec un respect nouveau, presque infantile.

– Et le curé n'est pas là ?

– Je ne sais pas.

Bollington fronça les sourcils.

– Comment ça, tu ne sais pas ?

– Euh… je… je… je ne sais pas.

Il était maintenant au bord des larmes, mais il n'y avait là rien de nouveau. Toutefois, Bollington n'avait pas la force de se mettre en colère, cette fois. Il fit quelques pas en direction de l'autel, sujet à un terrible accablement. Ils étaient cachés là derrière, le prêtre et sa femme. Ils ne disaient rien. On aurait dit deux rongeurs surpris par un gros chat qui aurait trop mangé pour réagir. Lui non plus ne dit rien. Il restait là, stupéfait, comme s'il ne comprenait pas ce qu'il avait sous les yeux. Marmaduke s'était mis à sangloter ou à renifler, à faire des bruits de bouche assez répugnants en tout cas.

Bollington haussa les sourcils, poussa un soupir. Il savait qu'elle couchait avec le médecin… Et aussi avec le prêtre alors. Puis toujours en silence, il tourna les talons et s'apprêta à sortir.

Il ouvrit le lourd battant de bois de la porte et vit Olson qui le considérait avec un regard vide, qui ne le saluait pas. Olson tenait un fusil à la main et le pointait vers lui. C'était son fusil d'ailleurs, Olson avait dû le prendre dans le coffre de la voiture.

Ce fut la dernière pensée de Bollington. L'instant d'après, il prenait la décharge en pleine figure.

– On sait qui est l'assassin ?

– Non, ils ne l'ont pas retrouvé.

– Comment ça s'est passé ?

– On ne sait pas. Sa femme a entendu du bruit, elle était en train de coucher les enfants ; quand elle est descendue, elle l'a trouvé mort dans la cuisine. Vous le connaissiez ?

– Un peu.

Carter n'osait pas trop insister et il sentait que sa

femme et le médecin l'observaient. La sueur lui picotait le cuir chevelu, il priait pour qu'ils ne se rendent pas compte qu'une goutte était en train de couler le long de sa tempe.

– On est sûr que ce n'est pas un suicide ?

– Certain. C'est moi qui ai examiné le corps et fait venir les gendarmes. Et puis pourquoi est-ce qu'il se serait suicidé ? demanda le médecin sur un ton sournois, comme s'il l'accusait.

– Et comment est-ce qu'on l'a tué ?

– Coups de fusils. Deux coups. Un fusil de chasse.

C'était presque une signature. Carter se remettait peu à peu de la surprise et en déduisait logiquement que Bollington avait flingué McGuire. Il ne pouvait quand même pas s'imaginer que McGuire était l'auteur de ces livres ? Avait-il attendu longtemps cette excuse ? Puis il entendit la voix de sa femme qui lui posait encore une question à laquelle il ne pouvait pas donner de réponse.

– À quoi tu penses, Richard ?

Avec la violence du coup de feu, Bollington était parti en arrière et s'était affalé sur le sol de la chapelle. Olson avait alors refermé la porte, sûr que personne à l'intérieur ne l'avait vu, puis il l'avait bloquée en passant le fusil dans les deux poignées de métal. Ils resteraient enfermés là-dedans assez longtemps pour lui laisser le temps de repartir. Il devait être fou d'avoir fait ça en venant dans sa propre voiture. Mais il était trop tard pour regretter. Heureusement qu'il n'avait pas eu de mal à trouver une arme, il lui avait suffi d'ouvrir le coffre de la voiture de Bollington pour trouver un Manufrance semi-automatique, avec une boîte de chevrotine à peine entamée.

Il avait couru dans l'allée jusqu'à la grille et s'était

remis au volant. Il devait avoir parcouru maintenant au moins cinq kilomètres sans croiser personne ; il enleva ses gants de jardinage en songeant qu'il aurait dû le faire avant. Finalement, il se sentait bien. Il ne tremblait pas, il ne suait pas. Il songea même qu'il s'arrêterait au premier café pour boire une bière.

Combien de gens allaient regretter Bollington ? Sa femme ? Non. Son fils ? Non. Le gros Albert peut-être. Ça c'était assez drôle. En y repensant, il aurait dû s'arranger pour lui faire porter la responsabilité du crime. Et il éclata de rire tout seul, en donnant de grands coups sur le volant, comme s'il se tapait sur la cuisse.

L'atmosphère lui rappelait un peu les bureaux de la sécurité sociale. On y était assis derrière des tables métalliques grises où on photocopiait des documents, sauf que là, tout le monde était en uniforme. Ils portaient ces képis français que les Anglais trouvent plutôt exotiques et charmants, parce qu'ils dégageaient une atmosphère de vacances désuètes, de Nationale 7. Mais leurs pulls bleu marine étaient traversés d'une bande blanche à hauteur de la poitrine, comme un maillot de rugby minimaliste. Tout était bleu marine et gris dans cette pièce. Même lui, avec ses cheveux gris et son costume bleu marine croisé.

Quand ils étaient venus frapper chez lui l'avant-veille, ils avaient manifesté une politesse que Carter avait jugée excessive. Pourtant, pris de panique, il leur avait immédiatement tourné le dos et leur avait fait signe d'entrer d'une manière qui aurait pu paraître désinvolte. Puis d'un ton un peu mielleux, il avait demandé aux gendarmes s'ils désiraient un verre. Ils avaient refusé, toujours aussi poliment, mais quand même un peu sèchement. Ils étaient entrés lentement dans le salon en levant la tête et en regardant de droite et de gauche, comme des acheteurs potentiels envoyés par un agent immobilier.

Puis ils s'étaient mis à lui poser des questions sur McGuire. « Vous le connaissiez ? », réponse : « Très peu, je l'ai parfois croisé chez des amis communs. » Il n'avait pas caché qu'il était au courant de ce qui était arrivé et c'était presque avec triomphe qu'il avait pu expliquer comment il le savait : « Ma femme, qui est très souffrante, a le même médecin traitant que la famille McGuire. Lors de sa dernière visite, il nous a appris cette terrible nouvelle. » Il se rendait compte que le vocabulaire qu'il employait était sans doute un peu trop pompeux, mais il savait qu'on le lui pardonnerait parce qu'il était étranger, et d'autre part ces mots ronflants contribuaient à le rassurer sans qu'il puisse vraiment s'en expliquer la raison. Il avait peut-être l'impression de s'en tenir ainsi à des déclarations purement officielles qui le mettraient à l'abri d'autres questions plus personnelles. Toujours dans ce style, il expliqua qu'il n'était pas assez intime avec Johnny – pardon, John McGuire – pour savoir si celui-ci avait des ennemis personnels.

Au milieu de l'entrevue, on entendit un gémissement qui s'échappait de l'étage au-dessus. Les gendarmes relevèrent la tête et, pour la première fois, ils lui lancèrent un regard vaguement suspicieux, sourcils relevés.

– Ma femme, déclara-t-il. Comme je vous disais, elle est souffrante. Vous permettez que j'aille voir ?

On lui donna la permission d'un geste de la main et il monta les escaliers en lançant par-dessus son épaule : « Je n'en ai pas pour longtemps. »

Elle avait repris le jeu de la maladie. Il n'arrivait pas

à y croire. Mais même s'il en était exaspéré, il n'avait pas la force de commencer une scène, surtout avec les gendarmes qui l'attendaient en bas.

– Qu'est-ce que c'est, Richard ? demanda-t-elle d'une voix chevrotante.

– Ce n'est rien, Marie, repose-toi.

Que pouvait-il faire d'autre que de lui donner la réplique ? Ça durait depuis vingt ans.

– Qui est en bas, Richard ?

– Ce sont les gendarmes.

– Tu n'as pas d'ennuis au moins, Richard ?

La vieille salope. Elle devait espérer de tout son être qu'ils soient venus l'embarquer.

– Non, Marie, répondit-il, ce n'est rien.

Mais la colère lui redonna des forces. Ce n'était pas la première fois qu'il se retrouvait dans cette situation, et il pouvait finalement en conclure qu'il y avait en lui un instinct de survie qui se réveillait soudain et dont elle pourrait d'ailleurs faire les frais un jour, à l'occasion.

En redescendant, comme il arrivait à la quatrième marche, il se demanda si les gendarmes avaient lu les livres dans lesquels il était un personnage, et s'ils l'avaient reconnu. Cette pensée le glaça, et il crut sentir une goutte de sueur dégouliner le long de sa peau fripée, sous sa chemise, entre les omoplates. Il avait les mains moites, mais il essayait de ne pas s'essuyer sur son pantalon. Puis on lui avait demandé de passer aux bureaux de la gendarmerie. Il avait protesté très mollement, disant qu'il n'avait pas grand-chose à ajouter. On avait rétorqué qu'il faudrait prendre ses déclarations par écrit dans le cadre de l'enquête. Il avait été tenté de demander : « Pourquoi ? Vous voulez en faire un livre ? » Il avait eu le bon goût de se retenir.

Il ne restait maintenant que lui et Carter. Et une pensée le frappa au moment où il énonçait ce fait. Et si c'était Carter qui avait écrit le livre ? Les livres, pour être plus exact. Non. Il refusait de le croire. C'était Carter qui avait sonné l'alarme, mais ça en gros, ça ne voulait rien dire. McGuire n'aurait pas pu écrire ces livres, surtout parce qu'il fallait reconnaître qu'il était trop honorable pour ce genre d'activité, même si cette conclusion déplaisait à Olson. Le temps était à la lucidité. Carter était en revanche suffisamment cultivé et végétatif pour se mettre à écrire. C'était étrange quand même, ils en étaient presque arrivés à oublier cette histoire de bouquin. Finalement, Olson sentait bien que si Bollington avait tué McGuire, c'était surtout parce qu'il en avait eu envie. Et dans la foulée, il se demanda s'il n'en avait pas été de même pour lui, concernant Bollington.

Olson ressentit alors une certaine lassitude. Après tout, il avait beaucoup travaillé, et décida qu'il fallait se consacrer à une seule chose à la fois. Il se souvint qu'il y avait de la bière dans son réfrigérateur, et de la bonne. Au moins six degrés. Avec un peu de chance, un match de football à la télévision. Pourquoi pas un petit joint par-dessus ça ? C'était pour toutes ces raisons qu'il avait voulu vivre à la campagne. Il décida que dans les semaines à venir, il prendrait la télévision par satellite. L'antenne allait un peu défigurer la maison, mais au bout du compte il s'en foutait.

Comme il débouchait dans l'allée qui menait au « cottage », un nuage vint obscurcir son horizon. Il comprit à la présence de cette voiture, là-devant, qu'Oriel était de retour. Il ne reconnaissait pas le véhicule mais elle avait dû l'emprunter à une amie. Il l'imaginait sans peine en train de fouiller dans la maison. Elle devait chercher de l'argent liquide.

Puis il s'en voulut d'avoir eu de mauvaises pensées. Il avait eu le sentiment que le pire était passé. Après tout, une présence féminine… Il pourrait faire un effort, une scène de réconciliation et une autocritique modérée, tout en s'interdisant formellement de lui adresser des reproches.

Il sortit de la voiture et claqua la portière. Il souriait en approchant de l'entrée, songeant qu'il n'avait besoin de rien de plus, pour mener une existence paisible et heureuse, que cette bergerie à moitié confortable.

Il avait répété consciencieusement ce qu'il allait leur dire. Des réponses vagues. Des mots sans signification, débités sur le ton de l'amabilité. Il allait parler aux gendarmes comme il parlait à sa femme depuis des années.

Il attendait déjà depuis cinq bonnes minutes sur sa chaise, peut-être même dix. Il les entendait dialoguer, mais ils parlaient trop vite pour qu'il puisse vraiment comprendre de quoi il s'agissait.

C'est à ce moment-là qu'il les vit, et il crut alors qu'il rêvait. Alexandra Bollington, accompagnée de son beau-frère, venait de passer la porte. Eux, n'avaient pas remarqué sa présence, ils étaient dans l'entrée, tête basse, visiblement troublés. Un gendarme les invita à passer dans un bureau et Carter resta à fixer sans la voir une carte du département accrochée au mur. Pourquoi son beau-frère avec la femme de Bollington plutôt que Bollington lui-même ? Le gendarme entra et l'interrompit dans ses réflexions.

– Vous connaissiez monsieur Bollington ?

Monsieur Bollington, en français dans le texte, c'en était presque comique. Puis Carter plissa le front.

Venait-on de lui parler de Bollington au passé ? Ça expliquerait en partie ce qu'il venait de voir. Est-ce que sa femme l'avait tué ? Avec la complicité du beau-frère ? Ce serait trop beau.

– Je croise M. Bollington à l'occasion, dit-il en insistant sur le présent. Nous avons des relations cordiales.

Puis avec un petit sourire amusé qui devait faire comprendre qu'il avait de l'indulgence pour cet homme, tout en étant lui-même beaucoup plus réservé, il ajouta : « C'est un personnage. »

Il adopta un air inquiet assez convaincant, et demanda :

– Mais pourquoi… je… je ne comprends pas… Il n'est rien arrivé, j'espère, à M. Bollington.

Et il haussa les sourcils en inclinant la tête sur le côté.

– Il est mort.

Carter en resta stupéfait. Puis il trouva cette façon de lui annoncer la nouvelle un peu brutale et en conçut une certaine méfiance. En général, on prenait plus de précautions. Peut-être s'en passait-on avec lui parce qu'on le soupçonnait.

– Mon Dieu ! Mais… ! Mais… C'est épouvantable, j'ignorais. Et… et…

Le gendarme regardait quelques papiers éparpillés sur son bureau.

– Et comment est-ce que c'est arrivé ?

– Il a été assassiné de deux coups de fusil.

Carter garda le silence. Deux coups de fusil. Comme McGuire. Ce n'était donc pas Bollington qui l'avait tué. C'était Olson qui avait dû décider de liquider tout le monde. Il refusait de croire à un hasard. Il en avait même oublié la possibilité que le coupable fût son beau-frère.

D'une voix blanche, Carter demanda :

– On a arrêté le… l'assassin ?

– Non, mais ça va se faire. Et on a un troisième meurtre.

– Un troisième ?

Ils ne pouvaient pas avoir fait le rapprochement avec l'assassinat de Spencer. C'était impossible. Sauf si quelqu'un avait parlé. Une seule personne pouvait avoir parlé. C'est à ce moment-là que le gendarme lui demanda :

– Vous connaissez M. Olson ?

– Oriel ! Oriel !

Il ouvrit la porte, Oriel était là, à l'attendre.

Elle tenait son fusil et le pointait vers lui. Il crut d'abord qu'il s'agissait d'une plaisanterie. Il aimait le comique de répétition. Mais ce n'était pas une plaisanterie et à son tour, il prit deux décharges de chevrotine en pleine tête.

Elle resta hébétée quelques instants devant ce spectacle, comme si elle n'arrivait pas à y croire. Comme si elle était stupéfaite par l'efficacité de l'engin qu'elle tenait entre les mains et qui venait de transformer un rêve en réalité.

Il avait été projeté en arrière et le corps gisait en travers du seuil. Elle se tenait toujours devant lui, parfaitement immobile, mais on voyait à son visage qui se durcissait que la stupéfaction laissait place à la réflexion. Elle se mordillait la lèvre d'un air concentré. Avec une extrême lenteur, elle posa le fusil en l'appuyant contre le mur. Oriel fit un pas en avant, songea à tirer le corps par les jambes à l'intérieur de la maison. Après quoi, elle s'arrêta net, tourna les talons et se dirigea vers la cuisine.

Là, elle remarqua avec agacement qu'il n'avait pas

fait la vaisselle depuis des jours, et elle enfila les gants en caoutchouc jaune posés sur l'évier. Ensuite, elle alla chercher dans le tiroir un grand couteau de boucher.

Elle revint près du cadavre, dénoua les lacets de ses chaussures, les retira, et y enfonça les mains. Puis elle alla frotter les semelles dans la boue à l'extérieur, avant de maculer le sol de la pièce. Enfin, elle le rechaussa. Elle s'employa alors à fracasser une lampe, renverser les chaises, la table. Tout en s'activant ainsi pour tout casser avec une détermination de bonne ménagère, elle réfléchissait à l'avenir immédiat et plus lointain, puis à voix basse, se parlant à elle-même, elle dit : « Finalement, je crois que je ne vais pas être obligée de partir. »

Elle s'approcha alors du mur et, serrant les dents, s'y cogna le front, ensuite, elle se donna un coup violent sur la joue avec le manche du couteau. Elle reprit son souffle, pliée en deux, et au bout de quelques secondes, quand la douleur se fut transformée en une sensation de chaleur, elle recommença. Elle alla alors s'observer dans le miroir de la salle de bains. Avec un soupir, elle conclut que ce n'était pas mal, mais pas encore assez spectaculaire. Aussi, avec un stoïcisme qui la surprit elle-même, elle se frappa une troisième fois. La pommette commençait à gonfler, rouge d'abord, avant de virer lentement au bleu et l'œil se fermait. Un coup sur la lèvre aussi ? Douloureux mais indispensable. Oriel s'exécuta. Elle cracha un peu de sang et la vue du liquide la rappela à l'essentiel de ce qui lui restait à faire. Elle s'approcha du corps de son mari, tenant toujours le couteau dans sa main gantée de jaune, et elle pressa ses doigts inertes autour du manche. Ensuite, avec un courage toujours croissant, elle s'infligea une coupure sur la clavicule. Le résultat fut plus que satisfaisant. Elle se promena de droite et de gauche dans la pièce. Le sang pissait de partout.

Enfin, elle s'approcha du téléphone, trouva l'annuaire. Le numéro qu'elle cherchait était dans les premières pages. Puis comme si elle lui parvenait de très loin, elle entendit sa propre voix qui disait dans un français hésitant et marqué d'un fort accent : « J'ai tué mon mari, il m'a dit qu'il avait tué un homme, Johnny McGuire, et il est devenu fou, il a essayé de me tuer. »

– Olson ?

Carter avait prononcé ce nom d'une voix à peine audible. Il avait du mal à avaler sa salive. Il songea alors que c'était l'auteur de ces deux livres qui passait au stade ultérieur et qui, après s'être occupé de révéler leur secret, décidait de les tuer l'un après l'autre. Il ne restait plus que lui. Il allait rentrer chez lui, faire ses valises et disparaître. N'importe où. En Espagne. Non, plus loin, au Portugal. Mais non, qu'est-ce qu'il racontait, il se reconnaissait bien là, toujours à penser petitement. Il irait au moins en Amérique du Sud, ou au Viêt-nam par exemple. Le pire, ou presque, c'était de ne pas savoir ce que les trois autres avaient révélé, et à qui, avant de mourir.

Puis il tourna la tête en entendant un bruit de commotion dans l'entrée derrière lui. La porte du bureau était restée ouverte pendant tout ce temps. Il vit entrer une femme au visage tuméfié ; elle était accompagnée de trois gendarmes.

Celui qui était occupé à interroger Carter se leva et, avec un rapide « excusez-moi » qu'il n'adressait à personne en particulier, il se dirigea vers les autres en demandant : « Alors ? »

Carter ne savait pas que c'était la femme d'Olson, il ne l'avait jamais croisée, mais il entendit un des gendarmes qui disait : « C'est Mme Olson qui revient de l'hôpital, on va prendre sa déposition. » Et le gendarme répondait : « Bon, alors attendez, j'arrive. »

Il était revenu dans le bureau où Carter patientait toujours.

– Excusez moi, fit-il en s'adressant à Carter, je vais être obligé de vous faire revenir un autre jour. Mais vous ne m'avez pas répondu, vous le connaissiez ?

Carter eut alors une idée qui lui parut géniale, il répondit :

– Non, je ne le fréquentais pas, mais je crois savoir qu'il travaillait pour M. Bollington.

Et voilà, comme ça, il avait au moins établi un lien entre les deux, qui allait d'ailleurs sûrement être confirmé par la femme de Bollington.

Timidement, Carter demanda :

– C'est sa femme qui l'a tué ?

– Je ne peux pas vous en parler.

Puis le gendarme haussa les épaules avant d'ajouter quand même :

– Si c'est le cas, de toute manière c'est de la légitime défense.

La légitime défense. Quel beau concept, songea Carter. Il entendit alors le gendarme qui lui disait : « Vous pouvez rentrer chez vous pour le moment », et il faillit lui demander : « Vous êtes sûr ? » Mais il se tut, se leva difficilement de sa chaise et partit presque à reculons en faisant des signes de tête à l'homme en uniforme. Il était épuisé. Le ciel de Thiviers avait des reflets nacrés, c'était la première fois. Carter se sentait partagé entre un sentiment de sécurité retrouvée et une certaine pesanteur qui ralentissait ses pas. Olson avait été tué par sa femme. Était-ce pour cela qu'on avait écrit ces livres, pour les tuer tous ? Ça n'avait pas de sens. Était-ce la femme d'Olson qui avait écrit ces romans ? Et qui pour son mari avait fini par choisir un fusil, plus rapide, plus efficace ? Non, ce n'était pas la femme d'Olson. Il n'aurait pas vraiment su dire pourquoi. Peut-être parce qu'elle ne pouvait pas savoir que lui-même avait commis un crime, il y avait si longtemps, en Angleterre. Et encore... Il ne croyait plus en aucun secret. Tout le monde parlait de tout le monde. Puis brusquement, il fut frappé par l'avant-dernière pensée qui lui avait traversé l'esprit : il n'avait jamais envisagé que l'auteur du livre puisse être une femme.

– Maintenant qu'il est mort, nous allons pouvoir vivre ensemble, Alexandra.

– Non.

Michel Beynac resta quelque peu stupéfait devant cette réponse des plus brèves.

– Mais pourquoi, je...

– Je suis amoureuse, fit-elle avec un sourire narquois.

Cette fois, il était pratiquement sûr qu'elle se moquait de lui. Mais comme il avait besoin d'une confirmation, il éclata d'un rire un peu forcé. Son expression à elle n'avait pas changé.

– Et qui est l'heureux élu ? demanda-t-il, toujours sur le ton de la plaisanterie.

– Très honnêtement, ça ne te regarde pas, mais ça m'amuse de te le dire.

Il n'y avait plus aucun doute, elle était sincère, et il en restait abasourdi. Cette femme, là, devant lui, était « amoureuse », comme elle disait.

– J'ai décidé que je voulais vivre avec le mari de ta maîtresse.

Ce n'était pas clair du tout. Elle se rendait compte qu'il attendait des précisions sans oser les demander et elle décida de le faire patienter un peu.

– Tu ne sais pas de quelle maîtresse je parle ?

Il ne répondait pas. Mais c'en était fini du ton enjoué.

– Marie Carter, déclara-t-elle enfin.

Il fronça les sourcils, il crut d'abord qu'il avait mal entendu. Était-elle vraiment en train de lui dire qu'elle allait mettre fin à leur relation parce qu'elle était amoureuse de Carter ? Amoureuse de Carter, ça paraissait une contradiction dans les termes.

– Oui, continua-t-elle, nous allons partir d'ici, Richard Carter et moi. Je ne connais pas encore notre destination, mais c'est presque secondaire.

– Et depuis quand est-ce que vous avez décidé ça ?

– Lui n'en sait encore rien.

– Ah bon ? Mais qu'est-ce qui te dit qu'il va accepter ?

– J'ai vu que je lui plaisais. À partir de là, c'est facile. Et puis on ne me refuse jamais rien. Tu n'as qu'à faire la même chose avec sa femme.

– Et comment sais-tu que c'est ma maîtresse ?

– C'est son frère qui me l'a dit. C'était mon amant lui aussi, et puis tu devrais te rendre compte que tout le monde sait tout sur tout le monde ici.

– Le curé ?

– Oui, enfin, le cinglé qui se prend pour un curé. Mon pauvre mari, paix à son âme, ne s'est jamais rendu compte qu'il s'agissait d'un dérangé en soutane. Mais très beau, très musclé.

Michel Beynac décela dans cette dernière remarque un sous-entendu assez blessant pour sa propre personne, il haussa les sourcils et contre-attaqua avec un petit rictus méprisant.

– Et c'est pour ses muscles que tu veux partir avec le vieux Carter ?

– J'ai lu des choses sur lui, le personnage me plaît. Et puis j'ai des goûts compliqués.

Michel Beynac vida son verre, regagna sa voiture sans dire au revoir, sans le moindre mot. Alexandra Bollington lui en fut presque reconnaissante.

En remontant l'allée du manoir, il repensa à ce que venait de lui dire son ancienne maîtresse et se rappela que Marie Carter avait beaucoup d'argent.

En entrant dans la maison, il avait tout de suite compris qu'elle était vide. C'était comme si les meubles eux-mêmes respiraient mieux. Il y avait dans la pièce une clarté inhabituelle.

Toute la journée, il était resté dehors, à aller d'un bar à l'autre, à flâner ; il n'était pas ivre, seulement soulagé.

La femme d'Olson avait été mise en garde à vue pendant vingt-quatre heures. Et la police de Périgueux qui avait été chargée de l'enquête avait déterminé qu'il s'agissait bien de légitime défense et que Olson était coupable des assassinats de McGuire et de Bollington.

Carter avait l'intime conviction que c'était à moitié injuste, mais comme ils étaient morts, ça n'avait plus d'importance.

C'était Alexandra Bollington qui lui avait donné les détails au cours d'un coup de fil surprenant à plus d'un titre.

Il savait maintenant qu'ils s'étaient tous trompés depuis le début et que c'était une femme qui avait écrit ces deux livres, comme il l'avait deviné en sortant du commissariat. Mais ce n'était pas Norma Olson, alias Oriel, ni Alexandra Bollington.

C'était une femme qui écoutait aux portes, qui collait son oreille aux planchers, une femme à laquelle il s'était confié et qui avait recueilli toutes les confidences de ces grandes sources du savoir humain, la religion et la science : son frère et son médecin, qui couchaient tous deux avec un peu tout le monde. Une femme qui n'avait pas d'autre motif que la curiosité, le ressentiment, et la jouissance que lui avait procurée la possibilité de nuire, ce qui était déjà beaucoup et en tout cas suffisant.

Il jeta un coup d'œil vers les cendres froides et grises de la cheminée, et l'Archange Gabriel toujours aussi furieux sur sa plaque de fonte.

Il s'était rendu lentement jusque dans la chambre de Marie, avait ouvert la porte et était allé directement vers la petite table où était posé un mot sur une pile de papiers. Marie lui expliquait qu'il avait quarante-huit heures pour faire ses valises, qu'elle avait l'intention de divorcer et de recommencer sa vie avec un homme de bien, son médecin Michel Beynac, qui avait encore su faire la preuve de sa sollicitude en confiant son frère à l'asile psychiatrique de Montpon.

Carter lisait tout cela avec un sourire amusé, en songeant que pour une fois elle se trompait en croyant l'atteindre.

Puis il se pencha sur la pile de papiers à côté de la lettre. À en juger par l'épaisseur, il devait y avoir là entre deux et trois cents feuillets. C'était un manuscrit. Elle ne pouvait pas l'avoir oublié. Ces pages avaient été disposées ainsi à son intention. Il tourna la page de titre et lut le premier paragraphe :

Assis dans son fauteuil en cuir, un verre à la main, il regardait d'un œil morne les flammes dans la cheminée. Sur les trois bûches qui se consumaient était posé un livre et le feu, en léchant les pages, redoublait d'ardeur.

Rivages / noir

Joan Aiken	*Mort un dimanche de pluie* (n° 11)
André Allemand	*Au cœur de l'île rouge* (n° 329)
	Un crime en Algérie (n° 384)
R. E. Alter	*Attractions : Meurtres* (n° 72)
Claude Amoz	*L'Ancien Crime* (n° 321)
	Bois-Brûlé (n° 423)
J. -B. Baronian	*Le Tueur fou* (n° 202)
Cesare Battisti	*Dernières Cartouches* (n° 354)
William Bayer	*Labyrinthe de miroirs* (n° 281)
Marc Behm	*La Reine de la nuit* (n° 135)
	Trouille (n° 163)
	À côté de la plaque (n° 188)
	Et ne cherche pas à savoir (n° 235)
	Crabe (n° 275)
	Tout un roman ! (n° 327)
Marc Behm/Paco Ignacio Taibo II	
	Hurler à la lune (n° 457)
T. Benacquista	*Les Morsures de l'aube* (n° 143)
	La Machine à broyer les petites filles (n° 169)
Bruce Benderson	*Toxico* (n° 306)
A.-H. Benotman	*Les Forcenés* (n° 362)
Stéphanie Benson	*Un meurtre de corbeaux* (n° 326)
	Le Dossier Lazare (n° 390)
Pieke Biermann	*Potsdamer Platz* (n° 131)
	Violetta (n° 160)
	Battements de cœur (n° 248)
James C. Blake	*L'Homme aux pistolets* (n° 432)
Michael Blodgett	*Captain Blood* (n° 185)
Michel Boujut	*Souffler n'est pas jouer* (n° 349)
Daniel Brajkovic	*Chiens féroces* (n° 307)
Wolfgang Brenner	*Welcome Ossi !* (n° 308)
Paul Buck	*Les Tueurs de la lune de miel* (n° 175)

Yves Buin	*Kapitza* (n° 320) *Borggi* (n° 373)
Edward Bunker	*Aucune bête aussi féroce* (n° 127) *La Bête contre les murs* (n° 174) *La Bête au ventre* (n° 225) *Les Hommes de proie* (n° 344)
James Lee Burke	*Prisonniers du ciel* (n° 132) *Black Cherry Blues* (n° 159) *Une saison pour la peur* (n° 238) *Le Bagnard* (n° 272) *Une tache sur l'éternité* (n° 293) *Dans la brume électrique avec les morts confédérés* (n° 314) *La Pluie de néon* (n° 339) *Dixie City* (n° 371) *Le Brasier de l'ange* (n° 420) *La Rose du Cimarron* (n° 461) *Cadillac Juke-box* (n° 462)
W. R. Burnett	*Romelle* (n° 36) *King Cole* (n° 56) *Fin de parcours* (n° 60)
J.-J. Busino	*Un café, une cigarette* (n° 172) *Dieu a tort* (n° 236) *Le Bal des capons* (n° 278) *La Dette du diable* (n° 311) *Le Théorème de l'autre* (n° 358)
Daniel Chavarría	*Adios muchachos* (n° 123) *Un thé en Amazonie* (n° 302) *L'Œil de Cybèle* (n° 378)
D.Chavarría/J.Vasco	*Boomerang* (n° 322)
George Chesbro	*Une affaire de sorciers* (n° 95) *L'Ombre d'un homme brisé* (n° 147) *Bone* (n° 164) *La Cité où les pierres murmurent* (n° 184) *Les Cantiques de l'Archange* (n° 251) *Les Bêtes du Walhalla* (n° 252) *L'Odeur froide de la pierre sacrée* (n° 291) *Le Second Cavalier de l'Apocalypse* (n° 336)

	Le Langage des cannibales (n° 368) *Veil* (n° 369) *Crying Freeman* (n° 403) *Le Chapiteau de la peur aux dents longues* (n° 411) *Chant funèbre en rouge majeur* (n° 439)
Andrew Coburn	*Toutes peines confondues* (n° 129) *Sans retour* (n° 448)
Piero Colaprico	*Kriminalbar* (n° 416)
Michael Collins	*L'Égorgeur* (n° 148) *Rosa la Rouge* (n° 267)
Robin Cook	*Cauchemar dans la rue* (n° 64) *J'étais Dora Suarez* (n° 116) *Vices privés, vertus publiques* (n° 166) *La Rue obscène* (n° 200) *Quand se lève le brouillard rouge* (n° 231) *Le Mort à vif* (n° 241) *Bombe surprise* (n° 260) *Mémoire vive* (n° 374)
Peter Corris	*La Plage vide* (n° 46) *Des morts dans l'âme* (n° 57) *Chair blanche* (n° 65) *Le Garçon merveilleux* (n° 80) *Héroïne Annie* (n° 102) *Escorte pour une mort douce* (n° 111) *Le Fils perdu* (n° 128) *Le Camp des vainqueurs* (n° 176) *Le Grand Plongeon* (n° 394)
Hélène Couturier	*Fils de femme* (n° 233) *Sarah* (n° 341)
Jay Cronley	*Le Casse du siècle* (n° 468)
James Crumley	*Putes* (n° 92)
Mildred Davis	*Dark Place* (n° 10)
J.-P. Demure	*Milac* (n° 240) *Fin de chasse* (n° 289) *Les Jours défaits* (n° 351) *Noir Rivage* (n° 429)

J.-C. Derey	*Black Cendrillon* (n° 323) *Toubab or not toubab* (n° 379) *L'Alpha et l'oméga* (n° 469)
Pascal Dessaint	*La vie n'est pas une punition* (n° 224) *Bouche d'ombre* (n° 255) *À trop courber l'échine* (n° 280) *Du bruit sous le silence* (n° 312) *Une pieuvre dans la tête* (n° 363) *On y va tout droit* (n° 382)
T.Disch/J.Sladek	*Black Alice* (n° 154)
Wessel Ebersohn	*La Nuit divisée* (n° 153) *Coin perdu pour mourir* (n° 193) *Le Cercle fermé* (n° 249)
Stanley Ellin	*La Corrida des pendus* (n° 14)
James Ellroy	*Lune sanglante* (n° 27) *À cause de la nuit* (n° 31) *La Colline aux suicidés* (n° 40) *Brown's Requiem* (n° 54) *Clandestin* (n° 97) *Le Dahlia noir* (n° 100) *Un tueur sur la route* (n° 109) *Le Grand Nulle Part* (n° 112) *L.A. Confidential* (n° 120) *White Jazz* (n° 141) *Dick Contino's Blues* (n° 212) *American Tabloid* (n° 282) *Ma part d'ombre* (n° 319) *Crimes en série* (n° 388)
Howard Fast	*Sylvia* (n° 85) *L'Ange déchu* (n° 106)
Kinky Friedman	*Meurtre à Greenwich Village* (n° 62) *Quand le chat n'est pas là* (n° 108) *Meurtres au Lone Star Café* (n° 151) *Le Vieux Coup de la sauterelle* (n° 197) *Elvis, Jésus et Coca-Cola* (n° 264) *Dieu bénisse John Wayne* (n° 348) *N le Maudit* (n° 385)
Samuel Fuller	*L'Inexorable Enquête* (n° 190) *La Grande Mêlée* (n° 230)

Barry Gifford	*Port Tropique* (n° 68) *Sailor et Lula* (n° 107) *Perdita Durango* (n° 140) *Jour de chance pour Sailor* (n° 210) *Rude journée pour l'Homme Léopard* (n° 253) *La Légende de Marble Lesson* (n° 387)
A. Gimenez Bartlett	*Rites de mort* (n° 352) *Le Jour des chiens* (n° 421) *Les Messagers de la nuit* (n° 458)
David Goodis	*La Blonde au coin de la rue* (n° 9) *Beauté bleue* (n° 37) *Rue Barbare* (n° 66) *Retour à la vie* (n° 67) *Obsession* (n° 75)
James Grady	*Le Fleuve des ténèbres* (n° 180) *Tonnerre* (n° 254) *Steeltown* (n° 353) *Comme une flamme blanche* (n° 445)
R. H. Greenan	*Sombres Crapules* (n° 138) *La Vie secrète d'Algernon Pendleton* (n° 156) *C'est arrivé à Boston ?* (n° 205) *La Nuit du jugement dernier* (n° 237) *Un cœur en or massif* (n° 262)
Salah Guemriche	*L'Homme de la première phrase* (n° 357)
Wolf Haas	*Vienne la mort* (n° 417)
Joseph Hansen	*Par qui la mort arrive* (n° 4) *Le petit chien riait* (n° 44) *Un pied dans la tombe* (n° 49) *Obédience* (n° 70) *Le Noyé d'Arena Blanca* (n° 76) *Pente douce* (n° 79) *Le Garçon enterré ce matin* (n° 104) *Un pays de vieux* (n° 155) *Le Livre de Bohannon* (n° 214) *En haut des marches* (n° 342)
John Harvey	*Cœurs solitaires* (n° 144) *Les Étrangers dans la maison* (n° 201) *Scalpel* (n° 228) *Off Minor* (n° 261)

	Les Années perdues (n° 299)
	Lumière froide (n° 337)
	Preuve vivante (n° 360)
	Proie facile (n° 409)
Vicki Hendricks	*Miami Purity* (n° 304)
George V. Higgins	*Les Copains d'Eddie Coyle* (n° 114)
	Le Contrat Mandeville (n° 191)
	Le Rat en flammes (n° 243)
	Paris risqués (n° 287)
Tony Hillerman	*Là où dansent les morts* (n° 6)
	Le Vent sombre (n° 16)
	La Voie du fantôme (n° 35)
	Femme-qui-écoute (n° 61)
	Porteurs-de-peau (n° 96)
	La Voie de l'Ennemi (n° 98)
	Le Voleur de temps (n° 110)
	La Mouche sur le mur (n° 113)
	Dieu-qui-parle (n° 122)
	Coyote attend (n° 134)
	Le Grand Vol de la banque de Taos (n° 145)
	Les Clowns sacrés (n° 244)
	Moon (n° 292)
	Un homme est tombé (n° 350)
	Le Premier Aigle (n° 404)
	Blaireau se cache (n° 442)
Chester Himes	*Qu'on lui jette la première pierre* (n° 88)
Dolores Hitchens	*La Victime expiatoire* (n° 89)
Craig Holden	*Les Quatre Coins de la nuit* (n° 447)
Geoffrey Homes	*Pendez-moi haut et court* (n° 93)
	La Rue de la femme qui pleure (n° 94)
D. B. Hughes	*Et tournent les chevaux de bois* (n° 189)
	Chute libre (n° 211)
William Irish	*Manhattan Love Song* (n° 15)
	Valse dans les ténèbres (n° 50)
Eugene Izzi	*Chicago en flammes* (n° 441)
	Le Criminaliste (n° 456)

Bill James	*Retour après la nuit* (n° 310) *Lolita Man* (n° 355) *Raid sur la ville* (n° 440)
Stuart Kaminsky	*Il est minuit, Charlie Chaplin* (n° 451)
Thomas Kelly	*Le Ventre de New York* (n° 396)
W.Kotzwinkle	*Midnight Examiner* (n° 118) *Le Jeu des Trente* (n° 301) *Book of Love* (n° 332)
Jake Lamar	*Le Caméléon noir* (n° 460)
Terrill Lankford	*Shooters* (n° 372)
Michael Larsen	*Incertitude* (n° 397) *Le Serpent de Sydney* (n° 455)
Jonathan Latimer	*Gardénia rouge* (n° 3) *Noir comme un souvenir* (n° 20)
Michel Lebrun	*Autoroute* (n° 165) *Le Géant* (n° 245)
Cornelius Lehane	*Prends garde au buveur solitaire* (n° 431)
Dennis Lehane	*Un dernier verre avant la guerre* (n° 380) *Ténèbres, prenez-moi la main* (n° 424) *Sacré* (n° 466)
C. Lehmann	*Un monde sans crime* (n° 316) *La Folie Kennaway* (n° 406) *Une question de confiance* (n° 446) *La Tribu* (n° 463)
Elmore Leonard	*Zig Zag Movie* (n° 220) *Maximum Bob* (n° 234) *Punch Créole* (n° 294) *Pronto* (n° 367) *Les Chasseurs de primes* (n° 391) *Beyrouth Miami* (n° 412) *Loin des yeux* (n° 436) *Le Zoulou de l'Ouest* (n° 437)
Bob Leuci	*Captain Butterfly* (n° 149) *Odessa Beach* (n° 290)
Ted Lewis	*Get Carter* (n° 119) *Sévices* (n° 152)

	Jack Carter et la loi (n° 232)
	Plender (n° 258)
	Billy Rags (n° 426)
Richard Lortz	*Les Enfants de Dracula* (n° 146)
	Deuil après deuil (n° 182)
	L'Amour mort ou vif (n° 206)
J. D. Mac Donald	*Réponse mortelle* (n° 21)
	Un temps pour mourir (n° 29)
	Un cadavre dans ses rêves (n° 45)
	Le Combat pour l'île (n° 51)
	L'Héritage de la haine (n° 74)
J.-P. Manchette	*La Princesse du sang* (n° 324)
D. Manotti	*À nos chevaux !* (n° 330)
	Kop (n° 383)
John P. Marquand	*Merci Mr Moto* (n° 7)
	Bien joué, Mr Moto (n° 8)
	Mr Moto est désolé (n° 18)
	Rira bien, Mr Moto (n° 87)
R. Matheson	*Échos* (n° 217)
Ed McBain	*Leçons de conduite* (n° 413)
Helen McCloy	*La Somnambule* (n° 105)
W.McIlvanney	*Les Papiers de Tony Veitch* (n° 23)
	Laidlaw (n° 24)
	Big Man (n° 90)
	Étranges Loyautés (n° 139)
Marc Menonville	*Jeux de paumes* (n° 222)
	Walkyrie vendredi (n° 250)
	Dies Irae en rouge (n° 279)
Ronald Munson	*Courrier de fan* (n° 226)
Tobie Nathan	*Saraka bô* (n° 186)
	Dieu-Dope (n° 271)
Jim Nisbet	*Les damnés ne meurent jamais* (n° 84)
	Injection mortelle (n° 103)
	Le Démon dans ma tête (n° 137)
	Le Chien d'Ulysse (n° 161)
	Sous le signe du rasoir (n° 273)
	Prélude à un cri (n° 399)

K. Nishimura	*Petits crimes japonais* (n° 218)
Jack O'Connell	*B.P. 9* (n° 209)
	Porno Palace (n° 376)
	Et le verbe s'est fait chair (n° 454)
Liam O'Flaherty	*L'Assassin* (n° 247)
Renato Olivieri	*L'Affaire Kodra* (n° 402)
	Fichu 15 août (n° 443)
J.-H. Oppel	*Brocéliande-sur-Marne* (n° 183)
	Ambernave (n° 204)
	Six-Pack (n° 246)
	Ténèbre (n° 285)
	Cartago (n° 346)
	Chaton : Trilogie (n° 418)
Abigail Padgett	*L'Enfant du silence* (n° 207)
	Le Visage de paille (n° 265)
	Oiseau de Lune (n° 334)
	Poupées brisées (n° 435)
Hugues Pagan	*Les Eaux mortes* (n° 17)
	La Mort dans une voiture solitaire (n° 133)
	L'Étage des morts (n° 179)
	Boulevard des allongés (n° 216)
	Last Affair (n° 270)
	L'Eau du bocal (n° 295)
	Vaines Recherches (n° 338)
	Dernière Station avant l'autoroute (n° 356)
	Tarif de groupe (n° 401)
	Je suis un soir d'été (n° 453)
Pierre Pelot	*Natural Killer* (n° 343)
	Le Méchant qui danse (n° 370)
	Si loin de Caïn (n° 430)
	Les Chiens qui traversent la nuit (n° 459)
Anne Perry	*Un plat qui se mange froid* (n° 425)
A. G. Pinketts	*Le Sens de la formule* (n° 288)
	Le Vice de l'agneau (n° 408)
Bill Pronzini	*Hidden Valley* (n° 48)
B. Pronzini/B. N. Malzberg	*La nuit hurle* (n° 78)

Michel Quint	*Billard à l'étage* (n° 162) *La Belle Ombre* (n° 215) *Le Bélier noir* (n° 263) *L'Éternité sans faute* (n° 359) *À l'encre rouge* (n° 427)
Hugh Rae	*Skinner* (n° 407)
Diana Ramsay	*Approche des ténèbres* (n° 25) *Est-ce un meurtre ?* (n° 38)
John Ridley	*Ici commence l'enfer* (n° 405)
Louis Sanders	*Février* (n° 315) *Comme des hommes* (n° 366) *Passe-temps pour les âmes ignobles* (n° 449)
G. Scerbanenco	*Le sable ne se souvient pas* (n° 464)
Budd Schulberg	*Sur les quais* (n° 335)
Philippe Setbon	*Fou-de-coudre* (n° 187) *Desolata* (n° 219)
Roger Simon	*Le Clown blanc* (n° 71) *Génération Armageddon* (n° 199) *La Côte perdue* (n° 305)
Pierre Siniac	*Les mal lunés* (n° 208) *Sous l'aile noire des rapaces* (n° 223) *Démago Story* (n° 242) *Le Tourbillon* (n° 256) *Femmes blafardes* (n° 274) *L'Orchestre d'acier* (n° 303) *Luj Inferman' et La Cloducque* (n° 325) *De l'horrifique chez les tarés* (n° 364) *Bon cauchemar les petits...* (n° 389) *Ferdinaud Céline* (n° 419) *Carton blême* (n° 467)
Neville Smith	*Gumshoe* (n° 377)
Les Standiford	*Pandémonium* (n° 136) *Johnny Deal* (n° 259) *Johnny Deal dans la tourmente* (n° 328) *Une rose pour Johnny Deal* (n° 345)
Richard Stark	*La Demoiselle* (n° 41) *La Dame* (n° 170) *Comeback* (n° 415)

Richard Stratton	*L'Idole des camés* (n° 257)
Vidar Svensson	*Retour à L.A.* (n° 181)
Paco I. Taibo II	*Ombre de l'ombre* (n° 124) *La Vie même* (n° 142) *Cosa fácil* (n° 173) *Quelques nuages* (n° 198) *À quatre mains* (n° 227) *Pas de fin heureuse* (n° 268) *Même ville sous la pluie* (n° 297) *La Bicyclette de Léonard* (n° 298) *Jours de combat* (n° 361) *Rêves de frontière* (n° 438) *Le Trésor fantôme* (n° 465)
Ross Thomas	*Les Faisans des îles* (n° 125) *La Quatrième Durango* (n° 171) *Crépuscule chez Mac* (n° 276) *Traîtrise !* (n° 317) *Voodoo, Ltd* (n° 318)
Brian Thompson	*L'Échelle des anges* (n° 395)
Jim Thompson	*Liberté sous condition* (n° 1) *Un nid de crotales* (n° 12) *Sang mêlé* (n° 22) *Nuit de fureur* (n° 32) *À deux pas du ciel* (n° 39) *Rage noire* (n° 47) *La mort viendra, petite* (n° 52) *Les Alcooliques* (n° 55) *Les Arnaqueurs* (n° 58) *Vaurien* (n° 63) *Une combine en or* (n° 77) *Le Texas par la queue* (n° 83) *Écrits perdus* (1929-1967) (n° 158) *Le Criminel* (n° 167) *Après nous le grabuge (Écrits perdus,* (1968-1977) (n° 177) *Hallali* (n° 195) *L'Homme de fer* (n° 196) *Ici et maintenant* (n° 229) *Avant l'orage* (n° 300)

Masako Togawa	*Le Baiser de feu* (n° 91)
Suso De Toro	*Land Rover* (n° 386)
Armitage Trail	*Scarface* (n° 126)
Marc Villard	*Démons ordinaires* (n° 130)
	La Vie d'artiste (n° 150)
	Dans les rayons de la mort (n° 178)
	Rouge est ma couleur (n° 239)
	Cœur sombre (n° 283)
	Du béton dans la tête (n° 284)
	Made in Taïwan (n° 333)
John Wessel	*Le Point limite* (n° 428)
Donald Westlake	*Drôles de frères* (n° 19)
	Levine (n° 26)
	Un jumeau singulier (n° 168)
	Ordo (n° 221)
	Aztèques dansants (n° 266)
	Kahawa (n° 277)
	Faites-moi confiance (n° 309)
	Trop humains (n° 340)
	Histoire d'os (n° 347)
	Le Couperet (n° 375)
	Smoke (n° 400)
	361 (n° 414)
	Moi, mentir ? (n° 422)
J. Van De Wetering	*Comme un rat mort* (n° 5)
	Sale Temps (n° 30)
	L'Autre Fils de Dieu (n° 33)
	Le Babouin blond (n° 34)
	Inspecteur Saito (n° 42)
	Le Massacre du Maine (n° 43)
	Un vautour dans la ville (n° 53)
	Mort d'un colporteur (n° 59)
	Le Chat du sergent (n° 69)
	Cash-cash millions (n° 81)
	Le Chasseur de papillons (n° 101)
	Retour au Maine (n° 286)
	Le Papou d'Amsterdam (n° 313)
	Maria de Curaçao (n° 331)
	L'Ange au regard vide (n° 410)
	Mangrove Mama (n° 452)

Harry Whittington	*Des feux qui détruisent* (n° 13)
	Le diable a des ailes (n° 28)
Charles Willeford	*Une fille facile* (n° 86)
	Hérésie (n° 99)
	Miami Blues (n° 115)
	Une seconde chance pour les morts (n° 123)
	Dérapages (n° 192)
	Ainsi va la mort (n° 213)
	Les Grands Prêtres de Californie (n° 365)
	La Messe noire du frère Springer (n° 392)
	L'Île flottante infestée de requins (n°393)
Charles Williams	*La Fille des collines* (n° 2)
	Go Home, Stranger (n° 73)
	Et la mer profonde et bleue (n° 82)
John Williams	*Gueule de bois* (n° 444)
Timothy Williams	*Le Montreur d'ombres* (n° 157)
	Persona non grata (n° 203)
Colin Wilson	*Le Tueur* (n° 398)
	L'Assassin aux deux visages (n° 450)
Daniel Woodrell	*Sous la lumière cruelle* (n° 117)
	Battement d'aile (n° 121)
	Les Ombres du passé (n° 194)
	Faites-nous la bise (n° 296)
	La Fille aux cheveux rouge tomate (n° 381)
	La Mort du petit cœur (n° 433)
	Chevauchée avec le diable (n° 434)

Rivages / Mystère

C. Armstrong	*Le Jour des Parques* (n° 13) *L'Inconnu aux yeux noirs* (n° 15) *Une dose de poison* (n° 21) *Merci pour le chocolat* (n° 40)
Francis Beeding	*La Maison du Dr Edwardes* (n° 9) *La mort qui rôde* (n° 12) *Un dîner d'anniversaire* (n° 18)
A. Blackwood	*John Silence* (n° 8)
F. du Boisgobey	*Le Coup d'œil de M. Piédouche* (n° 32)
Jypé Carraud	*Tim-Tim Bois-Sec* (n° 22) *Le Squelette cuit* (n° 25) *Les Poulets du* Cristobal (n° 31)
Collectif	*La Griffe du chat* (n° 28)
Max Allan Collins	*Les Meurtres du* Titanic (n° 43)
Joseph Commings	*Les Meurtres de l'épouvantail* et autres histoires (n° 46) *Le Vampire au masque de fer* et autres histoires (n° 47)
F. W. Crofts	*Le Tonneau* (n° 24)
Amanda Cross	*En dernière analyse* (n° 23) *Insidieusement vôtre* (n° 26) *Justice poétique* (n° 27) *Une mort si douce* (n° 30) *Sur les pas de Smiley* (n° 35) *Le Complexe d'Antigone* (n° 39)
A. De Angelis	*L'Hôtel des trois roses* (n° 50)
Mildred Davis	*Crime et chuchotements* (n° 14) *Passé décomposé* (n° 16) *Un homme est mort* (n° 20) *Mort de quelqu'un* (n° 37)
Michael Dibdin	*L'Ultime Défi de Sherlock Holmes* (n° 17)
Peter Dickinson	*Retour chez les vivants* (n° 44) *La Mort et son frère* (n° 49)
John Dickson Carr	*En dépit du tonnerre* (n° 5)
Jacques Futrelle	*Treize enquêtes de la machine à penser* (n° 29)

Parnell Hall	*Mystère* (n° 48)
Edward D. Hoch	*Les Chambres closes du Dr Hawthorne* (n° 34)
W. Kotzwinkle	*Fata Morgana* (n° 2)
Alexis Lecaye	*Einstein et Sherlock Holmes* (n° 19)
John P. Marquand	*À votre tour, Mister Moto* (n° 4)
Kai Meyer	*La Conjuration des visionnaires* (n° 33)
Thomas Owen	*L'Initiation à la peur* (n° 36)
D. Salisbury Davis	*Au bout des rues obscures* (n° 41)
Pierre Siniac	*Le Mystère de la sombre zone* (n° 42)
Anthony Shaffer	*Absolution* (n° 10)
J. Storer-Clouston	*La Mémorable et Tragique Aventure de Mr Irwin Molyneux* (n° 11)
Rex Stout	*Le Secret de la bande élastique* (n° 1) *La Cassette rouge* (n° 3) *Meurtre au vestiaire* (n° 6)
Hake Talbot	*Au seuil de l'abîme* (n° 38)
Josephine Tey	*Le plus beau des anges* (n° 7)
J.-M. Villemot	*Abel Brigand* (n° 45)

Achevé d'imprimer sur rotative
par l'Imprimerie Darantiere
à Dijon-Quetigny
en avril 2003

2e édition

Dépôt légal : octobre 2002
N° d'impression : 23-0467

Imprimé en France